AF191855

Kim Walter

Marsello 2:

Mein Leben

Das Beste aus den Jahren 2021 - 2025

Bibliographische Information der Deutschen
Nationalbibliothek.
Die Deutsche Nationalbibliothek verzeichnet die Publikation in der
Deutschen Nationalbiographie; detaillierte bibliografische Daten
sind im Internet über http.//dnb.de abrufbar.

1. Auflage 13. Februar 2025
© 2025 Kim Walter

ISBN: 978-3-7693-5307-5

Verlag: BoD · Books on Demand GmbH, In de Tarpen 42,
22848 Norderstedt, bod@bod.de
Druck: Libri Plureos GmbH, Friedensallee 273, 22763 Hamburg

Inhaltsverzeichnis

Seite

Zitate

Ein Leben ohne Katzen ist
wie ein Himmel ohne Sterne!
Astrid Lindgren

Nicht alle Engel haben Flügel,
manche haben Schnurrhaare!
Benny (Internetportal)

Ein Haus ohne Katzen ist
wie ein Garten ohne Blumen!
Watson (Internetportal)

Ein Leben ohne Katzen ist möglich,
aber sinnlos!
Johann Wolfgang von Goethe

Akteure

Marsello	Hauptakteur. Er berichtet über seine erstaunlichen Abenteuer.
Chloè	Freundin von Marsello bis zu ihrem Tod.
Lola	Schwester von Marsello.
Beata	Bengalkätzin, die in die Nachbarschaft zieht und seine Freundin wird.
Vorwerk	Kater von Jacob und Marietta, Schauspieler.
Spaziergangskatze	Macht Wanderungen mit Ehepaar.
Cosma, Alisa, Alma	Katzen von Sues Freundin Chiasma: Drei Maine Coone Katzen.
Wackes	Kater von Sabine und Ralf, Freunde von Sue und Sam:
Red Adair	Kater des Zahnarztes.
Moritz & Maria	Freunde von Marsello, mit denen er sich am Angelsee trifft.

Fritz	Kater von Achim, weißer großer Maine Coon Kater. Friederike hat vier Kinder von ihm.
Sue und Sam	Marsellos Familie, Sues Kosename: Jeanni.
Familie Andechser	Sie haben die Katzen Moni und Maxi, die Freigänger sind.
Waldemar und Adelia	Freunde von Sue und Sam.
Dr. Nöldner	Der Tierarzt.
Herr Walter	Ist Mieter von Sue und Sam und sein Vater ist Tierfutterproduzent.
Tamara	Schulfreundin von Sue.
Brigitte	Freundin von Sue mit Schnellfeuermund.
Katzenmörder und seine Tochter	
Raben	Odin und Modin.
Mäuse	Mimmi, die Zaubermaus, ihr Pilot und Mia.

Vorwort

Wir, die Autoren Sue und Sam, wurden von Marsello, einem russischen Waldkater, zu seinem Ghost Writer erwählt.

Katzen haben sieben Leben! Manche Menschen behaupten sogar, dass sie acht Leben hätten.

Wir haben mit und über ihn schon einige Bücher geschrieben, in denen er in jedem neuen Leben und Buch einmal als Karlos auftaucht, dem Kater von Käthe und Karl Kastner aus Hinderweidenthal, der Tante und des Onkels von Kim (2018: KCK Die Spürnasen Connection).

Im nächsten Band heißt er Dr. Jekyll, der Kater von Kim (2019: Die Reise unseres Lebens).

Im Buch Transformer verwandeln sich Tamara und Tom um Mitternacht in Katzen (2020: Transformer).

Der Name Marsello erscheint im großen Katzenroman (2021 Marsello: Mein Leben), in dem er ausführlich über seine Jugend und die Erlebnisse bis Ende 2021 berichtet.

Im nächsten Leben ist er Pedro de la Selva (Ghost Cat: Ein Kater rächt sich an seinem Mörder).

Last but not least: Max, der Kater von Ria und Ralf in (2024: Die Zeitreise des Katers Miraculus).

In dem neuen Buch, das Sie in ihren Händen halten, wird er nochmals zu Marsello. Er ist älter und erwachsener geworden. Er ist sehr intelligent und extrem sportlich.

Er klettert in Windeseile die höchsten Bäume hoch und wieder hinunter und braucht keine Feuerwehr zur Rettung „Selbst ist der Katermann!" ist sein Motto.

Allerdings hat er einige spezielle Eigenschaften: Er ist permanent untermausert und hat eine ausgeprägt Kinderallergie. Hätten wir Kinder gehabt, hätten wir sie ins Waisenhaus bringen müssen.

Er spielt sehr gerne mit Mäusen und Menschen, aber nicht mit Plastikfischen, die batteriebedingt mit dem Schwanz wackeln.

Er ist sehr willensstark und ihm gelingt mit List und Tücke die „Verbote" der Menschen zu umgehen. Er schlägt den Weg ein, den er sich vorgenommen hat.

Er ist spaßig und kreativ und hat mit einigen seiner Aktionen die Autorin zu den phantastischen, aber wahren Erlebnissen inspiriert.

Wir überspringen, liebe Leserinnen und Leser, nun einige Jahre, über welche ich bereits im Buch „Marsello: Mein Leben" berichtet habe und landen im Jahr 2021.

Viel Freude an den neuen Katzenabenteuern!

Ein ungewöhnlicher gemeinsamer Spaziergang

Am Nachmittag des 15.12.2021 kam die Sonne heraus, und ich brach zwischen 13 Uhr und 14 Uhr zu meinem üblichen Mittagsspaziergang auf. Ich hielt mich in der Nähe des Hauses auf, und zwar auf der Pferdeweide, wo ich alle mir bekannten Mäuselöcher inspizierte. Plötzlich hörte ich zwei mir bekannte und zwei mir unbekannte Stimmen. Sie kamen ganz aus der Nähe, vier Personen standen auf dem Philosophenweg, der entlang der drei Bahnlinien führt. Als ich näher kam, sah ich, dass auch ein Hund dabei war. Die zwei Stimmen die ich kannte, gehörten Sue und Sam. Sie hatten einen Spaziergang gemacht, und das Nachbarehepaar getroffen, das ebenfalls eine Runde drehte. Als ich näher kam, fing der Hund an laut zu bellen. Zwischen uns war ein Maschendrahtzaun, den er mit Sicherheit nicht überspringen konnte, da er schon etwas älter und gut genährt war. Ich fixierte ihn mit meinen Augen, was ihn zu noch lauteren Bellen veranlasste. Da es mir zu laut wurde, rannte ich dank meiner spitzen Krallen den Walnussbaum hoch, der gerade an der Grenze stand. Ich lachte von oben den Hund aus. Schließlich hatte der Mann genug vom Lärm, und sie gingen weiter.
Sue und Sam marschierten ebenfalls schnellen Schrittes Richtung Nachhause, was ich überhaupt nicht verstand. Ich wollte bei ihnen sein. Sie wollten aber nicht, dass ich auf den Weg kam. Das war mir unerklärlich. Umso mehr strengte ich mich an, rannte den Zaun entlang, kam schließlich in den Garten der Nachbarn und fand dort einen niederen Zaun, über den ich springen

konnte. Nun war ich bei ihnen. Sie freuten sich und streichelten mich. Doch Sue war besorgt und sagte: "Was machen wir, wenn uns jemand mit einem Hund entgegenkommt? Ich habe Angst um Marsello, denn hier fahren auch einige Autos sehr schnell. Sollen wir ihn heim tragen? Sam antwortete: "Das würde ihm sicherlich nicht gefallen. Es ist jetzt schon recht spät, dass nicht mehr viel Verkehr ist. Wir versuchen es einfach!"

Gesagt, getan!

Sie liefen voraus und riefen immer wieder nach mir. Ich folgte ihnen in einem Abstand von 10 bis 20 Metern. Einmal näherte sich ein Auto aus einer Parallelstraße, Sue wollte mich festhalten, doch das wollte ich nicht. Der Autofahrer, ein guter Mensch, sah die Problematik und hielt an, bis Sue mich auf dem Arm hatte. Dann fuhr er ganz langsam an uns vorbei, und wir hatten beide keine Angst mehr. Nun durfte ich wieder eigenständig laufen. Als wir schließlich auf die Hauptstraße kamen, lief uns ein Mann mit einem Hund entgegen. Bevor mich Sue wieder hochnehmen konnte, lief ich einfach in den Vorgarten des nächsten Hauses und drückte mich an der Hauswand. Für den Hund war ich unsichtbar. Ich schlich in den nächsten Vorgarten. Als der Hund aus meinem Sichtfeld war, kam ich auf den Gehweg zurück.

Da die beiden recht flott marschierten, musste ich oft das Tempo erhöhen. Ich war ziemlich am Keuchen. Endlich bogen wir in die Straße ein, wo ihr Haus steht. Sue rannte voraus und schloss das Tor auf , damit wir sofort zur Haustüre kamen. Nachdem ich etwas gegessen hatte, gingen wir alle drei ins warme Wohnzimmer. Sue und Sam waren begeistert, dass ich mit ihnen einen gemeinsamen Spaziergang gemacht hatte. Sie lobten mich in den höchsten Tönen. Ich legte mich auf den warmen Marmorfußboden.

Leider hörte ich ihre Lobpreisungen nur noch eine Minute, denn die schnelle Rennerei hatte mich so müde gemacht, dass ich auf der Stelle einschlief.

Kraxelei am Rosenbogen

Der 16. Dezember 2021 war ein Donnerstag mit schönem sonnigem Wetter bereits am Morgen. Deshalb schlief ich heute etwas kürzer und begehrte bereits um 11 Uhr um Ausgang. Sue begleitete mich und nahm meine Haarbürste mit. Fast jeden Tag bürstete sie mich. Das war mir sehr angenehm, denn mit meinem Langhaarfell hätte ich die Haare, die ausgehen, nur über die Zunge aufnehmen können und schlucken müssen. Besonders angenehm war mir das Bürsten am Hals, denn da kam ich selbst nicht hin. Wie gut es mir tat, zeigte ich ihr dadurch, dass ich den Hals himmelwärts streckte. Heute war ich aufgrund des schönen Wetters glücklich und unternehmungslustig. Zunächst spielten wir mit einer Feder, die Sue an einen Stock gebunden hatte, und ich musste sie fangen. Dieses Spiel gefiel mir sehr, und es wurde mir nie langweilig. Was mich neuerdings ebenfalls begeisterte, war ein Wedel des Pampasgrases.

Sue versteckte ihn hinter der Lampe, hinter den Treppenstufen oder hinter dem Rosenbogen, der zum Garten führt. Ich sprang hoch, versteckte mich hinter den Pampasgrasbüscheln, stand auf die Hinterpfoten und schlug wie wild mit den Vorderpfoten danach. Schließlich kam mir in den Sinn auf den Rosenbogen zu klettern und den Wedel von oben zu fangen. Der Rosenbogen war aus harten Fensterplastik. Ich konnte meine Krallen, die ich in die dicksten Bäume schlagen konnte, nicht zu Hilfe nehmen. Ich musste mich mit meinen

Pfoten mit reiner Muskelkraft hochziehen. Das war kein Problem für mich, doch sehr anstrengend!

Sue spielte noch eine ganze Weile mit mir, als ich ganz oben war. Doch schließlich wäre ich gerne wieder auf dem „Boden der Tatsachen" gelandet. Ich lief auf dem Bogen von rechts nach links und überlegte mir, wie ich wieder herunterkommen konnte. Sue bemerkte, dass es mir etwas mulmig war. Sie lief davon und holte eine längere Holzlatte. Diese legte sie auf eine etwa 40cm tiefere Sprosse des Rosenbogens. Sie sollte mir beim Herunterklettern helfen. Das Brett war mir allerdings zu schmal, ich wäre abgerutscht. Doch es hatte auch etwas Gutes, denn ich erkannte, dass ich von der niedereren Sprosse durchaus in der Lage war, auf das Gras zu springen, ohne mir weh zu tun. So hatte mir Sue geholfen, und ich war gleich wieder guter Dinge. Ich zeigte es ihr dadurch, dass ich wie der Blitz in den Garten rannte und sofort den höchsten Apfelbaum empor kletterte. Das war keine große Sache, denn nun konnte ich meine Mammutkrallen wieder einsetzen.

Gelehrige Menschen

Meinen zwei Katzenfreunden Sue und Sam brachte ich einiges bei, um mit mir zu kommunizieren. Dadurch, dass ich z.B. an den Futter-oder Wasserbecher laufe, erkennen sie, was ich gerade möchte. Wenn ich in das Freie will, setze ich mich vor die Wintergartentüre, miaute und warte. Wenn ich vom Freien wieder herein will, mache ich es ebenso.

Ich esse sehr gerne Lachsstückchen in Sülze, aber am liebsten gemischt mit Thunfisch.
Vor einigen Tagen bekam ich nur Lachs, aber genau an diesem Tag, am 20.12.2021, hatte ich riesige Lust auf Thunfisch. Was machte ich? Ich ging zu meinem Becher, schnüffelte daran, drehte mich um und lief weg. Ganz entgeistert fragte Sue: "Marsello, was ist denn los, geht es dir nicht gut, dass du dein Essen stehen lässt?

Nun, liebe Freunde, wie habe ich es angestellt, das zu bekommen, was ich wollte? Richtig, ich ließ den Lachsbecher stehen und lief davon. Wie von Zauberhand wurde es mir in den Wintergarten nachgetragen und plötzlich enthielt es meine geliebte Mischung.
Ich schleckte den Becher bis auf das letzte Krümelchen aus. Ab diesem Tag bekomme ich meistens das Essen meiner Wahl. Gegen ein Fetzelchen Schinken zwischendurch, habe ich natürlich auch nichts.

Nun habe ich Sue und Sam beim Essen beobachtet und entdeckt, dass sie mittags stets ein Drei-Gang-Menü zu sich nehmen. Der erste Gang ist ein großer gemischter Salat mit einem raffinierten, von Sue selbst hergestelltem Sauerrahmdressing. Der zweite Gang, der Hauptgang, wechselt täglich. Er besteht aus Fleisch und Beilagen wie zum Beispiel Gulasch mit Nudeln, Haschee mit Spaghetti, Curryhuhn mit Reis, Rindergeschnetzeltes mit Spätzle, Tafelspitz in Meerrettichsoße und Kartoffeln, Irish Stew mit Lamm oder Rindfleischstückchen, Fleischkäse mit Bubespitzle, Fläschknepp mit Meerrettichsoße und Bratkartoffeln, Spaghetti mit Schinkensahnesoße, Rumpsteak mit Kräuterbutter und winzigen Schalenkartoffeln oder das Sonntags- oder Feiertagsessen, ein Geheimrezept der Großmutter, Coq au Vin, mit einer delikaten Füllung und geschmelzten Landnudeln.

Jetzt ist mir etwas Schreckliches passiert, denn durch die Aufzählung der menschlichen Leckereien habe ich so Hunger bekommen, dass mir Sue ein Schälchen richten musste. Neuerdings weiß ich, wo die Leckereien stehen, nämlich neben dem Vorratsschrank. Also gehe ich vor und deute mit der Pfote auf die Tüte, auf die ich heute Lust habe. Auch meine Auswahl kann sich sehen lassen: Lachs, Weißfisch, Thunfisch, Rinderstückchen, Huhn, Ente, Lamm und Geflügel. Lasse ich einen kleinen Rest des Essens liegen, bekomme ich noch zwei Leckerli oben drauf. Ich belohne Sue, wenn ich den Teller ausschlecke, denn sie hasst es, wenn Reste im Becher bleiben.

So habe ich ebenfalls mein Dreigangmenü, denn bis sie alles gerichtet hat, habe ich als Vorspeise schon einige Brekkies genascht.

Zum Schluss verrate ich auch noch das i-Tüpfelchen ihres Festmahls: unterschiedliche Puddingarten mit einer Amarenakirsche, Buttermilchsoße und einem Esslöffel Eierlikör oder etwas Ähnliches.

Sie sind fast so große Genießer geworden wie ich. Da sie aber immer nur kleine Portionen essen, sind sie rank und schlank geblieben, während ich ein kleines Winterbäuchlein bekommen habe.

Daran kann man doch sehen, was man Menschen alles beibringen kann.

Sehr gelehrig, großes Lob!!!

Was ich außer genießen, noch sehr gern mache, ist spielen. Weder in meiner Kindheit noch in meiner Jugendzeit hat sich jemand Zeit für mich genommen, dabei bin ich eine Spielernatur. Nun habe ich Sue und Sam beigebracht, dass ich spielen möchte, wenn ich unter die zwei Beistelltische neben dem großen Esstisch klettere. Sie haben ein Hüpfseil für mich, das ich mit meinen Pranken gut festhalten kann. Damit spielen Sue und ich oft Tauziehen. Ich habe sie schon über den Wohnzimmerboden gezogen.

Fast! Des weiteren hat Sue den schon erwähnten Federstock gebastelt. Es ist ein wenig wie Vögel fangen und gefällt mir ebenfalls sehr gut. Auch eine kleine Plastikkugel zu verfolgen, mache ich manchmal ganz gerne.

Am allerliebsten spiele ich im Freien. Das ist im Frühjahr, Sommer und Herbst kein Problem, denn da gehen Sue und Sam gerne mit mir in den Garten. Doch jetzt im Dezember mit Minustemperaturen schrecken sie manchmal davor zurück, denn sie müssen sich erst warm anziehen oder riskieren eine Erkältung. Aber heute habe ich sie daran gekriegt. Ich war schon ins Freie gegangen, kam zurück und bat wieder um Einlass. Super, als Sue die Tür erneut öffnete, drehte ich mich um und lief wieder ins Freie. Sue holte sich eine Jacke und folgte mir. Nun lief ich zu meinem neuen Lieblingsspielzeug, einem Pampasgrashalm, der in einem Blumentopf neben der Treppe steckt. Sue verstand sofort, was ich wollte. Sie spielte so lange mit mir , bis sie total schnatterte und eine rote Nase hatte. Dann ging sie wieder ins Warme, und ich machte mich Richtung Süden auf zu einem Spaziergang.

Schrei in der Nacht

Für meine Wünsche in der Nacht habe ich ein anderes Repertoire als für die Wünsche am hellen Tag!
Wenn ich vor Hunger aufwache, wie damals am 22.12.2021, als mein Futternapf nicht gefüllt war, dann kratze ich am Teppichboden im Schlafzimmer. Sue hat besonders gute Ohren und ist sofort wach. "Psst, psst!", ruft sie, "aufhören!" Diesen Wunsch befolge ich, sobald sie aufsteht und mich füttert. Jetzt in den Wintermonaten, in denen es im Freien unangenehm kalt ist, gehe ich nach dem Snack meist zurück ins Büro und springe wieder auf meinen Bürostuhl.
Mit einer Kleinigkeit im Bauch kann ich wieder gut einschlafen und erlebe die schönsten Träume. Bei Sue sieht das leider anders aus. Wenn ich kurz aufwache um mich zu drehen, sehe ich, dass das Licht ihrer Nachttischlampe an ist, und sie wieder einmal ein Buch liest. Da ich meist nur einmal in der Nacht hungrig aufwache, schafft sie es durch mich, ein neues Buch von 300 – 400 Seiten in ein zwei bis vier Wochen zu lesen. Sie macht das gerne und ist mir deshalb auch nicht böse. Allerdings hat sie sich auch schon beklagt, wenn sie noch sehr müde war.
Sobald der Morgen dämmert, meist zwischen fünf und sechs Uhr, möchte ich nach unten und einen frühen Morgenspaziergang machen. Dazu muss ich Sam wecken, denn er bringt mich häufig nach unten. Als ich heute morgen ins Schlafzimmer kam, hatten anscheinend beide eine Tiefschlafphase, denn niemand wachte auf und tadelte mich wegen meiner Kratzerei. Was

sollte ich tun? Ich sprang kurzerhand auf den Nacht-tisch neben Sam und näherte mich seinem Ohr. Dann ließ ich ein lautes Miauen ertönen. Beide sprangen im Bett hoch und Sam rieb sein Ohr. "Was ist denn hier los?" schrie er. Beide waren plötzlich hellwach! Sam brachte mich nach unten und entließ mich ins Freie. Er bedankte sich sogar bei mir, dass ich die Gegenstände auf dem Nachttisch beim Hochspringen nicht umge-worfen hatte.

Ein Engel im Paradies

Am Weihnachtsmorgen traf ich mich mit Chloè, und wir machten einen schönen Spaziergang, denn der Boden war nicht gefroren und die Sonne schien. Wir spazierten zum Angelsee, weil wir dachten, dort eventuell noch einige Freunde treffen zu können, denen wir schöne Weihnachten wünschen wollten. Tatsächlich war ein halbes Dutzend anwesend, und jeder berichtete, wie seine menschlichen Freunde mit ihnen Weihnachten verbringen würden. Für die meisten gab es etwas Besonderes oder Geschenke wie z.B. Katzenspielzeug, etwas Leckeres zum Essen, einen neuen Ruhekorb oder einen Kletterturm.

Alle waren gut gelaunt und freuten sich auf die Bescherung am Abend. Zur Mittagszeit kamen wir zurück und trennten uns.

Jeder ging zu seiner Familie und wollte ein kleines Schläfchen abhalten, um am Abend für die Bescherung fit zu sein. Außerdem versprachen wir uns, dass wir uns danach noch einmal treffen wollten.

Sue und Sam besuchten am Nachmittag wieder einmal einige ihrer Freunde und waren außer Haus. Auch ich machte eine Solotour. Wir trafen uns stets wieder, wenn es dunkel wurde.

Entweder wartete ich schon auf ihrem Gelände oder war in der Nähe. Meist beschäftigte ich mich mit Mäusefang. Ich kannte alle Motorengeräusche ihrer Autos und mit meinen kleinen kräftigen Beinen lief ich schnell zur Garage, und setzte mich daneben, so dass mich das Tor, das sie öffnen mussten, nicht verletzen konnte.

Doch heute öffneten sie es sehr langsam, und ich hörte Sue weinen und schluchzen.

"Oh je", dachte ich, "es muss etwas passiert sein! Hoffentlich hatten sie keinen Autounfall!"

Sue trug etwas auf ihren beiden Armen. Sie hatte sie wie zu einer Wiege gefaltet. Als sie näher kam, erkannte ich, wer es war.

Es war meine geliebte Chloè.

Sie war tot!

Ich stieß einen langen und lauten Schmerzensschrei aus und Sue weinte noch mehr.

Wir gingen ins Haus und ich versteckte mich unter dem großen schweren Eichentisch.

Sue und Sam tranken noch ein Schorlito. Ich hörte den beiden zu, was sie sprachen.

Sue sagte zu Sam: "Chloè wurde von einem Autofahrer getötet, der zu jemandem kam, der in dieser Straße wohnt. Außerdem wissen wir, dass der Fahrer viel zu schnell gefahren ist, dass er nicht mehr bremsen konnte. Es fällt mir nur eine Person ein, auf die beides zutrifft. Es ist jemand, den auch unsere Nachbarn wegen der Raserei zur Rede gestellt haben, weil sie Angst um ihre Kinder haben.

Es ist die Tochter des Katzenmörders, welche herz- und hirnlos mit doppelter Geschwindigkeit als erlaubt durch die Straßen rast. Vor kurzem war ihr Porsche auf der rechten Seite stark verbeult, weil sie einem Autofahrer die Vorfahrt genommen hat. Morgen klingele ich an jedem Haus in unserer Straße und frage, ob sie jemand gesehen hat."

Ich merkte, dass Sues Trauer langsam in Zorn überging und hoffte, dass sie herausfinden würde, wer das meiner geliebten Chloè angetan hatte.

Wir gingen gemeinsam ins Schlafzimmer und heute Nacht verbrachte ich nicht wie üblich auf meinem Bürostuhl, sondern ich legte mich unter das Bett von Sue und Sam, denn da fühlte ich mich sicher.

Am nächsten Morgen brachte Sue eine wunderschöne große Holzkiste aus dem Keller hoch und kleidete sie mit einem Stoff mit Rosenmuster aus. Sie legten

Chloè hinein und neben sie rote Rosen. Dann verschlossen sie die Kiste und vergruben sie im Garten ganz hinten bei einem wunderschönen, sehr großen gelben Rosenbusch. Ich war dabei und merkte mir die Stelle.

Immer, wenn das Wetter es zulässt, und warm genug ist, halte ich dort ein Schläfchen im Freien ab und träume von meiner Chloè.

Die Silvesternacht

Am 31. Dezember 2021 war die Temperatur ganztägig um null Grad, und der Himmel war grau und wolkenbedeckt. Deshalb war ich bereits um 7:30 Uhr von meinem Morgenspaziergang zurückgekommen. Nach einem ausgiebigen Frühstück schlief ich heute nicht im elf Grad warmen Wintergarten, sondern im 22 Grad warmen Wohnzimmer.

Am Nachmittag machte ich wie üblich meinen Mittagsspaziergang zwischen 15 Uhr und 16 Uhr und kehrte gegen 18 Uhr zurück.

Sue und Sam erklärten mir, dass heute Silvester ist, und ich keinen Abendspaziergang mehr machen darf, weil einige der Menschen es lieben Silvesterraketen zum Himmel zu schicken. Sie hatten nämlich Sorge, dass ich dadurch so erschrecken könnte, dass ich einen Schock bekomme und etwas Dummes mache. Ich erfuhr auch, dass der 31.12. nicht immer schon der letzte Tag des Jahres war, sondern der 24.12. des gregorianischen Kalenders war auf den 31.12. verlegt worden. Dies war der Todestag von Papst Silvester I im Jahr 335 n.Chr..

"Silva"ist lateinisch und bedeutet Wald. Der Name Silvester heißt also "Waldmann". Auf Silvester folgt der Neujahrstag.

Ich nahm also meinen Platz im Warmen wieder ein und schlief sehr gut bis gegen 23 Uhr. Dann begann es in der Umgebung meines Hauses überall zu knallen und Rauch zog an den Himmel. Ich konnte nun nicht mehr einschlafen und wäre gerne noch einmal ins Freie gegangen, doch es wurde mir verwehrt.

Meine Freunde setzten sich wieder an den Tisch und spielten weiter. Kurz vor 24 Uhr holten sie aus der Küche Sekt und schöne Sektgläser und prosteten sich ein "Gutes Neues Jahr!" zu.

Auch ich wurde von ihren guten Wünschen bedacht und gestreichelt. Ich erfuhr, dass in den Jahren vor meiner Ankunft Sues Eltern noch gelebt hatten. Meist waren sie an Silvester zu Sue und Sam gekommen. Sie aßen und spielten zusammen und kurz nach Mitternacht machten sie das „Bleigießen." Es ist eine Art Orakelspiel, das schon bei den alten Römern verbreitet war.

Die entstehenden Figuren, oft Tiere, haben eine bestimmte Bedeutung, die Glück, Geld oder eine Reise bringen sollen.

Als um 1 Uhr wieder Ruhe in der Umgebung eingekehrt war, durfte ich noch eine Runde drehen.

Der Kotzbrocken

Sabine und Ralf, liebe Freunde von Sue und Sam, haben einen kleinen schwarzen Kater mit dem Namen Wackes, der Säbelzahntiger. Diesen Spitznamen hat er nicht ohne Grund. Seine zwei menschlichen Freunde haben die kleinen, aber starken Zähnchen schon testen dürfen. Damit es dem Elsässer nicht zu langweilig wird, hat er zu Weihnachten ein neues Spielzeug bekommen. Es ist eine grandiose Erfindung! Ein fast naturgetreu aussehender Fisch von einer Länge von etwa 20 cm. Statt Innereien hat er eine Batterie in seinem Bauch, welche bei Berührung des Fischs durch die Pfote der Katze seinen Schwanz von rechts nach links bewegt, als würde er davon schwimmen. Die Bewegung animiert die Katze ihn zu fangen, was wiederum einen Bewegungsimpuls von etwa 10 Sekunden auslöst. Wackes konnte sich mit dem Fisch sicherlich eine Viertelstunde amüsieren, ohne dass es ihm langweilig wurde. Sabine und Ralf informierten Sue und Sam von dem neuen Spielzeug, und so kam ich ebenfalls in den Genuss eines Spielfisches.
Der Fisch wurde am Nachmittag von der Post gebracht. Abends probierten ihn Sue und Sam zum ersten Mal aus, Sie hatten Besuch von Bekannten, welche auch drei Katzen haben. Sie verfolgten interessiert, ob mich der Fisch faszinierte. Ich tatschte ihn ein paar Mal mit meiner Pfote an, verlor aber bald die Lust. Trotzdem fanden die Gäste, Marlies und Andy, die Idee und die Ausführung des Fisches toll.

Nachdem ich heute morgen mein Frühstück eingenommen und mein Morgenschläfchen bis 12 Uhr abgehalten hatte, aß ich noch einige Brekkies bevor ich zu meinem Nachmittagsspaziergang aufbrechen wollte. Doch Sue ließ mich nicht wie gewünscht ins Freie, sondern holte den Fisch. Sie zog ihn an einer Angel durch den Raum und ließ ihn um mich kreisen, so dass mir ganz schwindlig wurde. Ich schob ihn ein paar Mal mit meiner Pfote an, doch das Herumgehopse des Fischs ging mir auf die Nerven und den Magen. Ich gab einige Würgegeräusche von mir. Sue glaubte, ich müsste mich erbrechen, und "Simsalabim" wurde die Wintergartentüre in einer Sekunde geöffnet. Undeutlich hörte ich Sue irgend ein böses Wort sagen, glücklicherweise verstand ich es nicht. Doch das war nicht schlimm, denn ich hatte meine geliebte, wohlverdiente Freiheit zurück.

Die heiligen Vier Könige

Das Dreikönigsfest wird immer am 6. Januar gefeiert. Man nennt es auch Epiphanias nach dem griechischen Wort Epiphaneia für Erscheinung, denn Gott erschien an diesem Tag in der Welt.
Nach den Hirten sind die drei Könige die nächsten, die zu der Krippe mit dem Jesuskind kamen. Geführt wurden sie durch den Stern von Bethlehem. Die Könige hießen Caspar, Melchior und Balthasar, stellvertretend für die drei damals bekannten Kontinente Afrika, Asien und Europa.
Die drei Könige brachten als Geschenk Gold, Weihrauch und Myrrhe mit, welche für die Würde Christi als König, Gott und Arzt stehen oder Symbole für Tod, Auferstehung und Erlösung sind.

Es ist Tradition am Dreikönigstag oder am Vorabend glimmenden Weihrauch durch das Haus zu tragen. An diesem Tag gibt es auch den Dreikönigskuchen oder Galette de rois. In ihn wird eine Kaffeebohne eingebacken. Wer diese in seinem Küchenstück findet, wird gekrönt. Manchmal wird auch eine kleine Figur als Jesuskind im Kuchen versteckt.

Auch bei Sue und Sam wurde der Dreikönigstag mit Freunden gefeiert. Sue hatte einen Königskuchen gebacken und ebenfalls eine Kaffeebohne in ihm versteckt.
Nachdem zur Begrüßung ein Glas Sekt getrunken war, stellte sie Kaffee und Kuchen auf den Tisch. Während

sie den Kuchen in 12 Teile schnitt, gab es einige Krümel und ein kleines Stück Kuchen fiel auf den Boden. Ich hatte gerade ein Auge geöffnet und streckte mich, als ich ein braunes rundliches Stück auf den Boden fallen sah.

Mit der gleichen Schnelligkeit, mit der ich eine Maus fange, stand ich auf meinen Beinen und raste zu dem braunen etwas. Ich hatte es schon im Maul, als ich merkte, wie schrecklich bitter es schmeckte. Schnell spuckte ich es wieder aus und muss höchstwahrscheinlich ein solch entsetztes Gesicht gemacht haben, dass sich alle am Tisch vor Lachen krümmten. Nichtsdestotrotz bekam ich als Belohnung eine kleine goldene Krone auf meinen Kopf gesetzt.

Die vier Freunde machten bestimmt ein Dutzend Bilder von mir und lachten weiter.

Aus Wut warf ich die Krone vom Kopf und zerriss sie mit meinen Zähnen und den Krallen.

Trotz allem werde ich für diese Menschen immer der vierte heilige König beziehungsweise der Katzenkönig bleiben!

Die Spaziergangskatze

Fast täglich machen Sue und Sam einen Spaziergang, es sei denn es regnet, hagelt oder schneit. Heute wollten sie zur Post, denn Sam hatte einen Pullover bestellt, der in der falschen Größe geliefert wurde und zurückgeschickt werden sollte. Kurz vor der Post überquerte ein älteres freundliches Ehepaar die Straße und ihnen folgte zwei Meter dahinter eine hübsche schwarz-weiß-farbene Katze, die mir unheimlich ähnlich gesehen haben soll.

Sue blieb stehen und fragte das Ehepaar, ob die Katze zu ihnen gehöre. Doch die Frau verneinte und sagte: "Die Katze gehört uns nicht, aber sie muss in unserer Nähe wohnen, denn immer, wenn wir spazieren gehen, folgt sie uns." Sue lachte und sagte: "Wir haben Freunde in Eggenstein, die nahe am Wald wohnen und auch gerne spazieren gehen. Sie haben ebenfalls eine Katze gehabt, die sie jeden Tag begleitete. Wir haben auch einen schwarz-weißen Kater, doch dieser ist zu Hause und schläft. Als wir ihre Katze gesehen haben, zweifelten wir zunächst, ob er wirklich im Haus ist oder uns entgegenkommt. So sehr sehen die beiden sich ähnlich."

Sue streichelte die fremde Katze, und sie begann zu schnurren.

Als Sam und Sue sich von den älteren Herrschaften verabschiedeten und ihnen eine gute Zeit wünschten, drehte sich die Katze um und wollte Sue und Sam folgen. Doch Sue sagte zu ihr: "Liebe Katze, wir haben zu

Hause schon einen Kater, der dir sehr ähnlich sieht, aber er wäre sehr eifersüchtig, wenn wir dich mitbringen würden. Deshalb folge deinen lieben Menschen!" Die Katze schaute Sue mit großen und traurigen Augen an, drehte sich um und folgte dem freundlichen Ehepaar.

Gigolo

In der zweiten Januarwoche des Jahres 2022 schwebte ein leichter Frühlingsduft durch die Landschaft. Alle meine Sinne sensibilisierten sich. Als ich den Wintergarten verließ, inspizierte ich sofort den Carport nach fremden Gerüchen. Es gab sehr viele Duftmarken. Die Katzendamen von Beef Home City spazierten stets durch meinen Carport, der mir bei Regen Schutz gewährte. Außerdem stand dort mein Zweitwohnsitz, ein in hellgrau und weiß gehaltenes Katzenhaus, das mit Styropor isoliert einen Teppichboden und eine weiche Decke bot, wo ich gemütlich einige Stunden ausharren konnte, wenn eisiger Regen oder Schnee durch die Luft peitschten. Oft musste ich meine Schutzhütte nicht aufsuchen. Denn meistens ruhte ich auf einem warmen Sessel im beheizten Wintergarten und drückte meine Nase an der Scheibe platt, wenn ich die zitternden Kollegen im Carport sitzen sah.

Doch heute roch ich die feinen Düfte meiner Freundinnen, aber auch das herbe männliche Parfum einiger Kater. Doch der ekligste Geruch, den ich wahrnahm, war der Gestank der Marder.

Zwei Marder, höchstwahrscheinlich Vater und Sohn, waren des öfteren um Mitternacht um mein Katzenhaus geschlichen und hatten hineingeschaut. Ich weiß nicht, was sie suchten. War es Nahrung oder suchten sie Streit mit einem Vertreter der Rasse der Felidae. Die scharfen Zähne der Marder hätte ich sehr ungern aus der Nähe gesehen. Sue hatte mir vor einiger Zeit berichtet, das ihr Freund, der drei Katzen hat, berichtet hat, dass eine von einem Marder so schwer verletzt worden war, dass er mit ihr zum Tierarzt musste. Seitdem war ich noch vorsichtiger! Doch glücklicherweise schlief ich nachts im Büro der Autoren, wo ich auf Sues Schreibtischstuhl herum lümmelte.

Doch manchmal zog ich mir Sues Unmut zu, da ich mehrmals nachts nicht nach Hause kam und lieber um die Häuser zog.

Ein anderes Mal verließ ich sie nach dem Mittagessen und meinem üblichen Mittagsschlaf und rannte sofort davon in Richtung Süden. Üblicherweise ging sie mit mir vor die Türe, bürstete mein Langhaarfell und spielte mit mir. Doch heute rannte ich so schnell davon, als wäre der Teufel hinter mir her, was sie sehr verwunderte. Sie fragte mich, als ich am Abend wieder nach Hause kam: "Na, du „Gigolo", hattest du eine Verabredung mit einer Freundin?"

Ab diesem Tag hatte ich diesen Spitznamen! Obwohl das Wetter wieder kälter wurde, ich meine Gewohnheiten wieder umstellte und viel mehr zu Hause blieb, nannte sie mich immer wieder Gigolo.

Ich vermute, dass es für sie ein Vergnügen ist, dieses Wort auszusprechen, denn sie spricht es immer auf eine besondere Art und Weise aus, die mich an Zärtlichkeiten denken lässt. Vielleicht hat sie aber auch einmal in einem Urlaub einen Gigolo kennengelernt. Sie hat es mir bis jetzt nicht verraten. Doch ich habe ihr auch nicht gesagt, mit wem ich mich getroffen habe! Wir sind zwei große Schweiger!

Bitte nicht mit Till Schweiger verwechseln, sonst habe ich wieder einen neuen Spitznamen!

Zwei Attentate

Dieser Januar hatte es in sich: wochenlang Minustemperaturen, ein durchgängig grauer Himmel sowie ein eiskalter Wind sowohl aus Nordosten, als auch aus Südwesten. Deshalb verlängerte ich nach und nach, dass es nicht so auffällt, mein Morgenschläfchen bis zum frühen Nachmittag. Am 27.01.2024 lag ich auf meinem warmen Sessel im Wintergarten und träumte vom Sommer, von der Sonne und hübschen Kätzinnen, als mich plötzlich ein lauter Schlag aus meinen Träumen riss. Neben Sue und Sams Wintergarten steht ein hoher Nussbaum, der im Herbst reichlich Nüsse getragen hatte. Doch der Pächter dieses Grundstücks, das er als Pferdeweide nutzt, hatte die Nüsse weder gesammelt noch entsorgt. Das lockte unzählige Krähen an, die sich daran gütlich taten. Doch um an die Kerne zu kommen, mussten die schwarzen Vögel entweder ihre massiven Schnäbel einsetzen oder die Schlauen unter ihnen flogen in einer Höhe von 10 Metern über die Straße und ließen die Nüsse auf den harten Asphalt fallen. Die Folge war, dass die Nussschale aufbrach, und sie so schnell an die delikate und gesunde Nuss kamen. Doch heute hatten sie die Walnüsse nicht auf die Straße fallen lassen, sondern auf meinen gläsernen Wintergarten, in dem ich bis vor einer Minute so schön geträumt hatte. Ich erschrak so sehr, dass ich mich senkrecht auf die Hinterpfoten stellte und zum linken Fenster hinausschaute, wer meinen Schönheitsschlaf gestört hatte. Sue saß im Wohnzimmer auf dem schwarzen Ledersofa und schrieb ein Kapitel für den neuen Thriller, den sie mit ihrem Ehemann Sam spätestens im Januar 2024 veröffentlichen wollte. Auch sie hatte das Geräusch gehört und sah sich nach dem Verursacher um. Schließlich sah ich an ihren Augen, welche in die gleiche Richtung blickten wie meine, dass sie die Täter ebenfalls ermittelt hatte.

Schließlich beruhigten wir uns beide wieder. Ich setzte mein Schläfchen fort und Sue schrieb weiter. Es vergingen keine fünf Minuten, da wurde ich wieder aus den süßesten Träumen gerissen. Es war ein Schrei , der aus dem Mund von Sue entwichen war. Was war heute nur los? Ich schaute ins Wohnzimmer und sah, dass die Stehlampe, welche sie zum Schreiben immer angemacht, schräg über ihrem Kopf und halb auf dem Sofa lag. Sie hatte vor einiger Zeit die Lampe auf einen Pflanzenroller gestellt, um sie einfacher in ihre Richtung drehen zu können. Vorhin hatte sie diese ein wenig verstellt, und die elektrische Zuleitung des Stroms war wohl unter ein Rad geraten, so dass die Lampe erst noch eine Weile brav stehen blieb, dann aber umstürzte. Wie es mir vorhin ergangen war, passierte es auch Sue. Sie war starr vor Schreck! Doch dann löste sie sich aus der Starre und stellte die Lampe wieder auf. Die Lampe hatte sie mit verschiedenen Herzen dekoriert, und irgendetwas musste kaputt gegangen sein, denn auf dem Ledersofa lagen kleine Scherben und etwas Holzwolle. So musste sie alle Kissen abräumen und das Sofa und den Teppich absaugen. Glücklicherweise war die Türe zwischen Wintergarten und Wohnzimmer zu, so dass ich das hässliche Geräusch des Staubsaugers nur leise vernahm. Nach dem Hausputz nahmen wir unsere vorigen Tätigkeiten wieder auf: wir träumten weiter, wobei Sue ihre Träume aufschrieb!!!

Hurrikan-Harry

Dieses Wochenende, am 06. und 07.02.2022 werde ich nie vergessen. Schon am Samstag hatte es stundenlang geregnet und orkanartige Böen fegten über das Land Glücklicherweise hatte ich die Nacht von Samstag auf Sonntag in meinem Büro auf Sues Schreibtischstuhl verbracht. Ich wachte zwar öfters auf, weil die Sturmböen manchmal klangen wie die Trompeten von Jericho. Doch im großen und ganzen brachten meine Freunde, die in ihren weichen und warmen Daunenbetten lagen, und ich, die Nacht gut herum. Ich schlief extrem lange und zwar bis 6:45 Uhr, dann drängte mich meine Blase zum Aufbruch. Da ich ein Freigänger bin, brauche ich nicht wie die domestizierten Hätschelkatzen eine Katzentoilette.

Darauf bin ich stolz. Doch es hat auch Nachteile, denn ich musste hinaus in dieses Hurrikanwetter, das mir schon beim Öffnen der Wintergartentüre einen Schwall Wasser ins Gesicht schüttete und mein Fell aufstellte. Es gab kein Zurück mehr. Zunächst rettete ich mich in den Carport, der das meiste Wasser abhielt . Nachdem ich das Geschäftliche erledigt hatte, wartete ich darauf, dass meine Freunde endlich aufstehen und mich wieder in den geschützten Wintergarten einlassen würden. In dem Moment, als ich sah, dass Sue die Türe aufschließen wollte, rannte ich vom Carport los. Doch der Wind blies allerlei durch die Gegend. So erreichte mich auf dem kurzen Weg zur Treppe hoch eine Kindermütze, welche sich um meinen Kopf wickelte. Ich sah nichts mehr und stieß mir meine Nase an der Glastüre

an. Inzwischen war auch Sam in den Wintergarten gekommen. Sie wollten an mir das übliche Zeremoniell
durchführen, das sie jeden Tag machen, wenn ich von
draußen mit dreckigen Füßen zurückkomme, nämlich
sie mit einem Tuch abputzen. Das gefällt mir nicht, und
ich versuche es zu vermeiden. Oft bin ich schon durch
die Mitte abgehauen und ins Wohnzimmer gerannt. Die
beiden sind dann böse auf mich, weil sie den Boden
aufziehen müssen. Deshalb sind sie sehr gut darin,
mich einzufangen. Doch heute war es noch viel schlimmer, denn als ich blind durch die Mütze in den Wintergarten schritt, lachten sie sich halbtot. Ich bekam sogar einen neuen Spitznamen. Sie nannten mich Hurri-
kan-Harry!

Katzen und die Zukunft

Sue und Sam sprechen viel mit mir, und wir haben auch einige Gesten, die ich und meine Freunde sofort verstehen.

Manchmal liest mir Sue auch etwas aus ihrem neuen Buch vor. Nicht immer verstehe ich alles, doch immer mehr! Manche Bücher liest Sue nicht nur einmal. Es gibt Bücher, die sind so interessant, dass sie diese mehrfach liest. So ein Buch ist das von Daniel Gilbert. Er ist Professor der Psychologe an der Harvard University und Direktor des Social Cognition and Emotion Lab.

2006 hat er das Buch geschrieben mit dem englischen Titel „Stumbling on Happiness". Der New-York-Times-Bestseller wurde in 20 Sprachen übersetzt und erhielt 2007 den Royal Society Price for Science Books. Er beschreibt in diesem Buch die Fehler in der Wahrnehmung auf persönliche Vorhersagen und Erwartungen, so dass Menschen häufig falsche Entscheidungen treffen.

Später wurde das Buch auch ins Deutsche übersetzt mit dem Titel "Ins Glück stolpern".

Seine These ist: „Suche dein Glück nicht, dann findet es dich von selbst". Den Hauptunterschied zwischen Mensch und Tier sieht er darin, dass nur der Mensch sich mit der Zukunft beschäftigen kann. "Menschen, welche sich bei einem Unfall den Frontallappen beschädigen, das ist der Teil des Gehirns, der sich an der

Vorderseite des Kopfes befindet, verändern sich und leben nur noch in der Gegenwart, ähnlich wie ein Tier", schreibt Daniel Gilberg.

Doch Sue fragte mich neulich: "Warum gehst du jeden Mittag nach deinem Morgenschläfchen in Richtung Süden? Besuchst du deine zwei Schwestern, mit denen du in der Anfangszeit nach dem Tierheim zusammen warst? Oder hast du zwischenzeitlich verstanden, dass ich nicht möchte, dass du in den Garten des Katzenmörders gehst, denn ich habe Angst um dein Leben! Was haben wir uns doch in der Anfangszeit wilde Verfolgungsjagden geliefert, als du mit aller Gewalt dorthin wolltest. Du hast dich eine Weile im Gebüsch versteckt, und als ich weg war, hast du deinen Weg um 180 Grad gedreht. Oder du bist über das Nachbarhaus um das Haus gelaufen zur Nordseite, wo ich dich nicht sehen konnte und hast schließlich doch deinen Kopf durchgesetzt. Das waren anstrengende Zeiten!"

"Ja!", dachte ich,"aber sie waren auch lustig. Doch inzwischen mag ich Sue und Sam noch viel mehr als zu Beginn unserer Freundschaft, und deshalb möchte ich euch keine Sorgen machen. So gehe ich nach Süden und erlebe keine bösen Überraschungen."

Meine Meinung als Vertreter der „Felidae" ist, dass dieser Professor Gilbert nicht recht hat mit seinem Vergleich und dem Beweis der Verletzung des Frontallappens. Was mich auch noch wundert, ist seine Aussage: „Ich empfehle, dem Erwerb von Erlebnissen dem Kauf materieller Güter vorzuziehen oder den Genuss erworbener Gegenstände zu verzögern!

Seine Studie besagt: If money doesn't make you happy, then you probably aren't spending it right!"
Hierzu hat Sue noch einiges recherchiert. Der tüchtige Professor besitzt ein Vermögen von 58,3 Milliarden US Dollar. Sie sagte: „Wasser predigen und Wein trinken!"

Vom Freigänger zum Residenzfürsten

Vor drei Jahren verbrachte ich meine Zeit zu 100% im Freien, egal, ob es 30 Grad Celsius im Schatten hatte, oder, ob Minustemperaturen herrschten und Schnee und Eis die Erde bedeckten. Das war die Zeit nach dem Tod meines Dosenöffners. Ich suchte lange nach einem gemütlichen Heim und Katzenfreunden, die spezielle Hosen tragen sollten, nämlich Spendierhosen! Bei Sue und Sam wurde ich fündig, was meiner Bequemlichkeit sehr entgegenkam, meiner Figur allerdings nicht. Denn ich habe nun ein paar Kilo mehr mit mir herumzuschleppen. Doch glücklicherweise schauen wir Katzen nicht andauernd in den Spiegel und ärgern uns. Wobei die Coronazeit bei den Menschen wohl auch die Augen geschädigt hat, denn viele sehen nicht, oder wollen nicht sehen, dass um die Bauchmitte ein enormer Zuwachs stattgefunden hat.
Ein anderes Thema in den Wintermonaten ist das Wetter. Während ich Sue diesen Text diktiert habe, hat es trotz Sonnenschein, plötzlich genieselt. Winzig kleine, harte Regentropfen, leicht überfroren, trommelten gegen das Glas des Wintergartens. Ich aber lag auf meinem doppelt gepolsterten Stuhl und träumte vom Sommer und heißen Kätzinnen. Wer würde es da vorziehen diesen Platz zu verlassen, wenn er nicht total bekloppt wäre?
So kam es eben, dass ich gestern Abend am 15.02.2022 um 21 Uhr nach Hause kam, ein kleines Lachsmenü verzehrte und mich danach zur Ruhe be-

gab. Zwar stand ich um vier Uhr in der Nacht kurz auf, um einen kleinen Imbiss einzunehmen. Dabei weckte ich meine Gönner auf. Danach ging ich zurück ins Büro und sprang erneut auf den Bürostuhl, der meine Körperwärme noch gespeichert hatte. Als die beiden um 7.30 Uhr aufstanden, gönnte ich mir noch ein weiteres starkes Stündchen Schlaf. Als ich endlich nach unten kam, begrüßten sie mich freundlich, nannten mich jedoch Stubentiger.

Ich finde diesen Ausdruck nicht passend, denn ich fühle mich eher als ihren Residenzfürsten!

Der Baumsteiger

Am 17.03.2022 hatte ich nachts sehr unruhig geschlafen und war andauernd wieder aufgewacht, da an der 100 Meter hinter dem Haus liegenden Bahnstrecke gearbeitet wurde.

Um wieder zu Kräften zu kommen, nahm ich ein üppiges Frühstück mit Nachschlag ein. Mit gut gefülltem Bäuchlein begab ich mich zu meinem Schlafplatz. Ich erwachte um die Mittagszeit mit einem kleinen Vorspeisenappetit, naschte noch einige Brekkies und rannte anschließend voller Energie die Treppe vom Wintergarten hinunter Richtung Garten. Ich hatte dann so viel Kraft, dass ich an einem alten Apfelbaum hochrenne, und falls Sue mit mir spielt, versuche ich ihren Pampasgraswedel zu zerpflücken. Das geht einfach, denn die getrockneten Blütenstände sitzen nicht fest. Sie gleiten sanft zur Erde oder schmücken das Haar und die Kleidung von Sue, was mir sehr gut gefällt, ihr etwas weniger. Da sie anschließend mit der Säuberung beschäftigt ist, kletterte ich noch etwas höher zu dem Vogelnistkasten. Meine Tatze mache ich ganz schmal und greife durch das Einflugloch ins Innere und stocherte darin herum.

Da ich weder ein Vogelei noch ein Vögelchen erhaschen konnte, gab ich meinem Unmut mit einem knurrenden Geräusch Gehör. Sue hörte dies und sagte: "Ich habe genau verstanden, was du gesagt hast. Dabei sollst du doch nicht fluchen! Wie kommst du nur auf die Idee, dass der Vogelautomat schon wieder leer ist!"

Dolcefarniente oder Faulenzertag

Wir Katzen ruhen viel aus oder schlafen. Aber ganz selten schlafen wir richtig tief, denn im Freien muss man immer vor einen Angriff gewappnet sein. Sozusagen bleibt ein Auge immer halboffen. Auch unser Gehör ist äußerst gut, so dass wir hören, wenn ein Artgenosse oder ein anderes gefährliches Tier wie z.B. ein Marder sich an uns anschleicht.

In diesem halbbewussten Dösen vor dem Schlaf denken wir über vieles nach und philosophieren.

So wundern wir uns, warum die Menschen so viele Tage unter ein Motto stellen, wie der 22. März, der als Faulenzertag gilt.

Es gibt nur einen wichtigen Feiertag, das ist der 8. August, der Welttag der Katzen.

Doch auch dem gestrigen 22. März 2022 konnte ich etwas abgewinnen. Nach einem schmackhaften Frühstück und einem Morgenschläfchen machte ich meinen obligatorischen Mittagsausflug, kehrte aber bald wieder zurück, und fand meine zwei Freunde, Sue und Sam, nach getaner Arbeit, auf ihren Sonnenliegen sitzend vor.

Sue hatte auf ihrem Schoß einen Bücherhalter stehen, auf dem das dickste Buch stand, dass ich jemals gesehen habe. Ich entzifferte Autor und Titel und erfuhr von ihr, dass Paul Auster diesen Roman mit 1259 Seiten mit dem Titel " 4321" im Jahr 2017 veröffentlicht hat. Sie war gerade auf Seite 130, und ich dachte mir, da hat sie noch ein ganz schönes Stück Lesearbeit vor sich.

Ob das, das richtige Buch für den Faulenzertag ist? Doch dann brachte sie mich zu meinem Freiluftkatzenstuhl, der im Carport steht und mit einem weichen Teppichbodenrest bedeckt ist und auch bei Regen nicht nass wird.

Dort streckte und räkelte ich mich. Ich dachte über mein Leben nach, und kam zu dem Schluss, dass ich es jetzt bei diesen Menschen sehr gut getroffen hatte. Es war so schön mehrere Stunden neben den beiden auszuruhen, denn sie passten auf mich auf.

Mir fiel ein passendes Zitat ein: "Liebe ist, wenn man sich gerne nahe ist und gegenseitiges Vertrauen hat!"

Der Schlafmarathon

Der März 2022 hatte in der Hälfte seiner Tage recht angenehme Temperaturen und galt als wärmster März seit Beginn der Wetteraufzeichnungen.
Doch der April, der bekanntlich macht, was er will, war wieder kalt und regenreich und überraschte in der
Nacht von Samstag auf Sonntag mit einer ordentlichen Menge Schnee, so dass selbst in der Oberrheinischen Tiefebene Wälder und Wiesen weiß überzogen waren. Ob es die trockene Heizungsluft, die Kälte im Freien oder eine Allergie war, wusste weder Sue noch ich, aber nach dem Aufwachen hatte ich stets verklebte Augen mit einer weißen Flüssigkeit. Sue behandelte meine Augen mit Augentrost, doch es wurde nur minimal besser. Deshalb riefen Sue und Sam am Donnerstag, den 7.4.2022, den Tierarzt an und fragten, was er empfehlen würde. Er sagte, dass er eine Augensalbe verschreiben könnte, und sie das Rezept bei ihm abholen könnten. Zuerst sagten beide zu, aber dann meinte Sue, der Arzt solle sich mich doch genau anschauen, denn sie vermutete, dass die schon einmal aufgetretene Angina zurückgekehrt sei. Also bekamen wir um 11 Uhr einen Termin, und ich kam glücklicherweise sofort nach dem Eintreten in die Praxis ins Arztzimmer. Der Arzt begrüßte mich sehr freundlich und sagte: "Schön, Marsello, dass du mich wieder einmal besuchst. Groß bist du geworden!" Danach untersuchte er meine Körperfunktionen und schaute mir auch in den Hals. Er sagte zu Sue und Sam: "Er hat eine chronische Angina. Ich muss ihm eine Antibiotikaspritze geben." Er nahm

mein Fell am Hals zwischen Daumen und Zeigefinger, zog es vom Körper weg und injizierte mir in diese Stelle die Spritze. Das war nicht sehr schlimm, aber auch nicht angenehm. Danach setzte er mich noch auf seine Waage und sagte: "Sein Gewicht beträgt jetzt 5,8 kg."

Sue fragte sogleich: "Ist das zu viel?"
Er war so freundlich wie bei meinem letzten Besuch und antwortete: "Bei Langhaarkatzen ist das ein normales Gewicht, und außerdem wiegen sie im Winter immer etwas mehr." Ich war erleichtert!
Anzumerken ist noch, dass der freundliche Tierarzt selbst ein Genussmensch ist und gerne gut isst und höchstwahrscheinlich auch einmal einen guten Wein nicht stehen lässt. Sein „Gourmetgewölbe" lässt wie bei mir auf ein winzig kleines Übergewicht schließen. Doch Sue kennt ein Sprichwort, das ich schon meinen Katzenfreunden beigebracht habe, und das ich sehr liebe: Lieber reich und gesund, als arm und krank!"
Wir fuhren wieder nach Hause, und ich legte mich in meinen Sessel. Plötzlich überfiel mich eine bleierne Müdigkeit. Die Spritze begann zu wirken. Ich schlief sofort ein. Immer wieder kamen Sue und Sam zu mir und schauten, wie es mir ging. Ich bekam noch nicht einmal ein Auge auf. Ich schlief und schlief und schlief und plötzlich waren 12 Stunden herum. Als ich endlich aufwachte, wollten Sue und Sam ins Bett gehen. Doch jetzt war ich ausgeschlafen. Ich ging zwar mit ihnen hoch in mein Büro, sprang sogar auf meinen Bürostuhl, doch ich merkte sofort, dass ich jetzt nicht noch einmal 12 Stunden liegen bleiben konnte. Deshalb sprang ich

wieder herunter und begehrte um Ausgang. Sam brachte mich nach unten und entließ mich ins Freie. "Blöde Idee", dachte ich, "ist das eine Kälte!"
Aber es kam noch schlimmer: Es begann zu schneien. Ich rettete mich in den überdachten Carport. So blieb mein Fell wenigstens trocken, wenn ich auch zitterte. Dann versuchte ich es mit einem Trick. Ich dachte ganz intensiv an Sue und schickte ihr meine Gedanken: "Wach auf und schau zum Fenster hinaus! Wenn du den Schnee siehst, kommst du nach unten und lässt mich ins Haus!"
Es dauerte nur noch zwei Minuten, und sie kam tatsächlich!
Nachts um drei Uhr schlichen wir zwei wieder die alte Holztreppe hoch, leise, damit Sam nicht aufwacht. Dann hüpfte ich auf meinen Schreibtischstuhl und Sue schlüpfte ins warme Bett, und wir schliefen bis neun Uhr am Morgen!

Marsello, die Marsrakete

Es war ein wunderschöner Frühlingstag. Sue ging am Morgen zum Briefkasten um zu sehen, ob Post gekommen sei.

Freudestrahlend kam sie zurück und berichtete , dass sie vor lauter Neugier einen Brief schon aufgerissen habe, auf dem außen stand "Gewinnbenachrichtigung"!

Sam und ich erfuhren, dass sie bei einem Rätsel von Richard Digest teilgenommen habe und prompt den ersten Preis gewonnen haben, nämlich einen Kurzurlaub von drei Tagen in Berlin samt der Anreise im ICE erster Klasse. Wir waren bass erstaunt. Kurz darauf rief Sue ihre Mutter an und berichtete von ihrem Gewinn. Ihre Mutter freute sich mit ihr und sagte: "Das ist aber toll, das macht ihr. Bringt doch einfach euren Kater zu mir, ich passe auf ihn auf und füttere ihn gut. Außerdem kennt er mich schon, dann wird er nicht so schlimmes Heimweh haben. Außerdem sind es nur drei Tage, dann habt ihr einander wieder!"

Sue und Sam regelten die Reisemodalitäten und den Termin mit dem Verlag.

Dann packte Sue eine Tasche mit Futter, meinen Spielzeugen und meinem Schlafkorb und stellte sie ins Auto. Ich durfte auf den Beifahrersitz und mich frei bewegen. So hatten wir es schon ein paarmal gemacht, und ich war auch schon auf Sues Schoß gestanden um besser durch die Scheibe zu schauen. Das machte mir sehr viel Spaß, und ich vertrug das Autofahren so am besten.

Nachdem wir in Rüppurr die Autobahn verlassen hatten und auf die schöne Albtalstraße gekommen waren, wollte ich erneut etwas von der Landschaft sehen. Also schlich ich zu Sue und stellte mich wieder auf die Hinterbeine.

Da ich inzwischen um einiges größer geworden war, als damals bei den ersten Ausflügen, konnte ich jetzt meinen Kopf bis zur Scheibe recken.

Jetzt geschah etwas sehr Lustiges: Die entgegenkommenden Autofahrer machten große Augen und staunten Bauklötze, dass ein Kater am Steuer saß. Einige hupten mir und winkten freundlich, doch andere waren ängstlich. Sie bremsten fast auf Null ab und wären fast in den Graben gefahren. Sue und mir gefiel die Fahrt wunderbar, und wir lachten zusammen.

Doch als Sue ihrer Mutter von unserer Autofahrt erzählte, schimpfte sie uns aus und sagte: "Ihr seid zwei Kindsköpfe, das macht ihr nie mehr! Es hätte etwas passieren können! Fortan fahrt ihr nur noch Auto, wenn Marsello in seinem Katzenkorb sitzt!"

Ich dachte: "Manchmal sind Mütter Spaßbremsen. Das kann ja ein "lustiger" Urlaub für mich werden!"

Folgenschwerer Besuch

Seit ihrer Schulzeit ist Sue mit Tamara befreundet. Sie treffen sich alle paar Wochen zu Kaffee und Kuchen oder einem Gläschen Sekt oder gehen gemeinsam aus. Tamara hatte ihr am Telefon berichtet, dass sie einen neuen Freund habe und nachgefragt, ob sie ihn mitbringen dürfe. Sue war einverstanden und etwas neugierig, denn bisher hatte Tamara mit ihren Freunden wenig Glück gehabt.

Am Donnerstagnachmittag standen die beiden vor unserer Haustüre und klingelten. Sue bat sie herein und holte Sektgläser und den gekühlten Sekt aus dem Kühlschrank. Zwischenzeitlich war ich aufgewacht und wollte mir den Besuch auch anschauen. Als ich mich dem Stuhl von Andy näherte, sprang er auf und lief davon. Sue fragte Tamara, ob er keine Katzen leiden könnte. Sie erklärte, dass er eine Allergie gegen Katzenhaare habe. Das hörte ich gerne!

Ich versteckte mich bis Andy wieder am Tisch saß und schlich ihm vorsichtig entgegen. Er hatte mich nicht bemerkt, und ich machte es mir unter dem Eichentisch gemütlich. Plötzlich fing er an zu niesen und konnte nicht mehr aufhören. Schließlich schauten alle unter den Tisch und Sue bückte sich um mich in den Wintergarten zu tragen. Doch dahin wollte ich nicht. Es war dort viel kälter als im Wohnzimmer. Außerdem gefiel es mir bei der lustigen Truppe. Als Andy aufstehen und weg von mir gehen wollte, krallte ich mich in sein Hosenbein des teuren Anzugs. Schließlich schaffte er es doch aufzustehen und schüttelte das Hosenbein, an dem ich hing, wie ein wild gewordenes Trampeltier. Er hüpfte auf einem Bein durch das Wohnzimmer und schrie: „Haltet mir die Bestie vom Leib!" Schließlich hielten ihn Sue und Tamara fest, dass er nicht mehr herumzappelte. Jetzt konnte Sue meine Pfoten befreien.

Da sich die zwei Frauen dabei halbtot lachten, wurde Andy bitterböse und verlangte, dass Sue ihm das Eingangstor aufschließen sollte, damit er nach Hause fahren konnte.

Glücklicherweise waren Tamara und Andy mit zwei Autos gekommen. Als Sue das Tor aufschloss, sang sie das Lied „Neue Männer braucht das Land", das für die Sängerin Ina Deter 1982 mit ihrer Band den Durchbruch brachte und später zum „Geflügelten Wort" wurde.

Danach wurde es wieder richtig gemütlich, denn ich durfte im Wohnzimmer bleiben und die zwei Frauen feierten die Trennung vom Ex-Freund von Tamara.

Der „seltsame Vogel" war weggeflogen!

Der Jahreswechsel

Das Jahr 2023 bewegte sich auf das Ende zu und überall bei Tag und Nacht hörte man das laute Knallen von Feuerwerksartikeln.
Doch nicht nur kleine Jungs verlustierten sich mit den Krachmachern, sondern auch einige Erwachsene fanden an dem Bombardement große Freude.
Diese Freude teilte die hiesige Tierwelt jedoch nicht, denn einige Vögel flogen vor Angst kopflos in die Büsche, die Pferde auf der Weide galoppierten kreuz und quer und gingen vor Furcht mit den Vorderhufen in die Höhe und Hunde suchten in Panik nach einem Versteck oder baten darum wieder ins Haus zu dürfen. Auch ich eilte nach Erledigung alles Geschäftlichen wieder schnell in die warme Stube.
Als sich um Mitternacht das Knattern, Blitzen und Krachen nochmals verstärkte, ging ich vom Wintergarten ins Wohnzimmer, setzte mich vor Sue und Sam und miaute laut und klagevoll:
"Miaaaaaaaaaaauuuuuuuuuuuuu!"
Sue verstand genau, was ich sagte. Sie antwortete: „Ich beschütze dich!" Dann legte ich mich genau in die Mitte unter ihren Stuhl und hatte so viel Vertrauen, dass ich sogar wieder einschlafen konnte.
Erst als Sue und Sam ins Bett gehen wollten, wachte ich wieder auf. Ich wünschte ihnen ein glückliches und gesundes Neues Jahr und folgte ihnen die Treppe hoch.
Im Büro nächtigte ich auf dem bekannten Platz. Weil wir erst gegen zwei Uhr ins Bett gegangen waren,

muckste ich mich in dieser Nacht nicht und ließ sie bis neun Uhr schlafen!

Schneeflocken

Das dritte Jahr in Folge war der Januar bitterkalt und extrem windig. Ab dem frühen Morgen tanzten Schneeflocken durch die Luft. Das störte mich nicht, denn ich machte mein Morgenschläfchen. Doch als ich um 14 Uhr meinen gewohnten Mittagsspaziergang machen wollte, schneite es noch immer. Ich setzte mich vor die Wintergartentüre und Sue öffnete die Türe einen Spalt. Damit nicht zu viel Kälte hereinkam, sicherte sie die Türe durch eine Gießkanne, welche schwer genug war, das Aufgehen der Türe zu verhindern.

Ich saß hinter dem linken Lautsprecher der Stereoanlage und schaute hinaus. Die Wetterlage behagte mir nicht sehr, denn der Wind pustete einige Schneeflocken herein, die auf meinem Kopf liegen blieben. Ich kehrte dem Türspalt den Rücken und ging ins warme Wohnzimmer. Da war es 10 Grad wärmer als im Wintergarten, und ich legte mich auf den kuscheligen schwarzen Designerteppich mit den bunten Streifen, den sich Sue und Sam nach ihrer Idee und Zeichnung hatten anfertigen lassen.

Doch nach einer weiteren Stunde wurde es mir zu langweilig, und ich ging wieder zur Wintergartentüre. Doch das Wetter hatte sich nicht gebessert, weshalb ich erneut länger blieb.

Schließlich nervte ich Sue mit öfterem Miauen und Beklagen, welche gerade eine weitere Geschichte über mich aufschreiben wollte. Schließlich saß ich wieder hinter dem Lautsprecher 30 Zentimeter vor der geöffneten Türe.

Sue wollte mich mit der Hand etwas näher zur Türe schieben, doch ich erhob die Tatze, meine Krallen berührten ihre Haut, was sie dazu brachte, mich hinauszuschieben. Erst saß ich noch einige Minuten direkt vor der Türe im Schnee, doch dann machte ich mich auf den Weg Richtung Süden. Ich hörte noch wie Sam zu Sue sagte: "Lass ihn einen Spaziergang machen, sonst will er nachts ins Freie, und er muss dann mehrere Stunden warten, bis wir aufstehen."
Obwohl mir die ganze Geschichte nicht gefiel, muss ich zugeben, dass sie recht hatten. Lieber zwei Stunden frieren als die ganze Nacht!"

Der kleine Springteufel

Ein Schachtelteufel, Kistenteufel oder Springteufel ist ein Kinderspielzeug, das von außen aussieht wie eine Kiste mit einer Handkurbel.
„Der Springteufel" ist aber auch der Titel eines deutschen Films aus dem Jahr 1974 mit Dieter Hallervorden. Er lief erstmals in der ARD am 1.3.1974, Regie führte Heinz Schirk.
Seit kurzem habe ich einen weiteren Kosenamen.

Zum besseren Verständnis für den neuen Namen erzählte mir Sue die Handlung des Films:
Ein Anhalter, der einen Koffer bei sich hat, der vollgestopft mit Spielzeug ist, wird von einem reichen Geschäftsmann, der einen 1965er Ford Galaxie 500 Convertible, also ein Cabriolet, mitgenommen.
Das Gespräch während der gemeinsamen Fahrt dreht sich um das Leben des Geschäftsmannes sowie über das Hobby des Anhalters, nämlich Spielzeug zu sammeln. Der Anhalter wünscht sich, dass sie gemeinsam essen gehen, doch der Geschäftsmann weigert sich, da er eine wichtige Sitzung hat. Daraufhin zieht der Anhalter eine Pistole aus der Hose und zwingt ihn, vor einer Kneipe zu halten. Er lässt dem Geschäftsmann eine Menge Essen auftischen, die dieser herunterwürgt. Dieser versucht zum Auto zu fliehen, doch der Anhalter erwartet ihn schon dort.
Sie fahren gemeinsam weiter und unterhalten sich wieder. Doch dann redet der Anhalter wie der Geschäfts-

mann über seine Erinnerungen. Es stellt sich heraus, dass der Anhalter aus einem Irrenhaus geflohen ist. Dort nannten sie ihn „Springteufel". Die Flucht gelang ihm dadurch, dass er seinen Pfleger, der ihm auch diesen Namen gegeben hat, ermordet hat. Der Springteufel vertauscht nun seine Rolle mit dem Geschäftsmann und will diesen in die Irrenanstalt zurückbringen. Er zwingt den Geschäftsmann ihm „seinen" Anzug zurückzugeben und zwingt ihn die Kleidung zu tauschen. Der Geschäftsmann versucht einen neuen Fluchtversuch, wird aber vom Springteufel mit dem Auto eingeholt. An einer Notrufsäule hält der Anhalter an und informiert die Polizei über den „Geflohenen". Der Geschäftsmann gelangt an die Pistole, doch sie ist nur ein Spielzeug aus dem Koffer des Verrückten. Die Polizei trifft ein, doch sie glaubt dem hysterischen Fahrer nicht und nimmt ihn im Polizeiwagen mit. Der Irre fährt mit dem Fahrzeug des Geschäftsmannes davon.

Ich wunderte mich über diese verrückte Geschichte beziehungsweise den Film. In ihm hatte nicht das oder der Gute gesiegt, sondern der böse Verrückte, der zudem ein Mörder ist.

„Das geht natürlich gar nicht!" sagte Sue, doch neulich habe ich eine WhatsApp erhalten,da hatte jemand den Spruch geschickt: „Wer nicht ein klein wenig verrückt ist, hat nicht gelebt!"

Dazu musste ich schmunzeln und dachte: „Mit dieser Erklärung kann ich gut leben und ein kleiner Springteufel sein!"

Wie es dazu kam, werde ich jetzt berichten.

Ich kann nicht verhehlen, dass ich ein Hedonist bin. Ich liebe abwechslungsreiches Essen, insbesondere diverse Fischspezialitäten. Sehr wichtig ist mir auch mein Schönheitsschlaf, die zehnminütige Fellpflege durch Sue vor meinen täglichen Spaziergängen und mein Nachtschlaf auf Sues Bürostuhl im warmen Büro. Nach meinem Frühstück stelle ich mich im Wintergarten stets neben einen Stuhl, der zu einer Gruppe von vier Stühlen und einem Tisch aus Rattan gehört. Sue klopft auf das Polster des Stuhls und sagt zu mir:" Spring!" Da sie mir immer sehr gute Delikatessen gibt, erfülle ich ihr diesen Wunsch, wenn ich genügend satt bin. Habe ich noch Hunger, springe ich nicht. So habe ich Sue schon beigebracht, dass sie noch einmal in die Küche geht und mein kleines Becherchen noch einmal füllt. Danach denke ich: „Jawohl, jetzt kann ich springen!"

Houdini

Ich habe einen weiteren Namen von Sue bekommen. Es gibt ein Sprichwort, das besagt, dass Liebe viele Namen hat. Deshalb freue ich mich, dass ich nochmals einen neuen Namen bekommen habe.

Mein neuer Name ist Houdini, so wie einer der berühmtesten Zauberkünstler der Welt hieß.

Harry Houdini wurde als Eric Weisz in Budapest, damals Österreich-Ungarn, am 24 März 1874 geboren. Er war der Sohn des jüdischen Seifenmachers Mayer Samuel Weisz. Als er vier Jahre alt war, emigrierte seine Familie in die USA. Sein großes Vorbild war der Zauberkünstler Harry Keller, deshalb gab er sich den Vornamen Harry. Jean Eugene Robert Houdin war ein weiteres Vorbild und als Hommage an diesen großen Magier übernahm er seinen Nachnamen in veränderter Form. Harry Houdini wurde ein Entfesselungskünstler und Illusionist, der die physikalischen Naturgesetze aufheben konnte.

Er ließ Gegenstände verschwinden oder erscheinen oder verwandelte sie in andere. Auch konnte er Gegenstände durch die Luft schweben lassen, als wären sie an unsichtbaren Fäden gezogen.

Auch die Kunst des Gedankenlesens beherrschte er.

Interessant ist, wie ich zu meinem neuen Namen kam: Nach meinem Morgenschläfchen werde ich gebürstet, bekomme eine Scheibe Schinken, dass ich nicht vom Fleisch falle, und anschließend spielen wir im Freien.

Sobald sich Sue umdreht oder abgelenkt ist, bin ich in einer Zehntelsekunde verschwunden.

"Das gibt es doch nicht, das ist Zauberei!", schimpft Sue dann und sucht mich. Manchmal komme ich aus meinem Versteck wieder heraus, hinter einem Busch vor, vom Baum herunter oder klettere aus der Ligusterhecke.

Dann freut sie sich und sagt zu mir: "Wo war er denn schon wieder, mein kleiner Houdini!"

Sehr gut gefällt mir, dass meine zwei Menschen und ich einen ähnlichen Tagesablauf haben. Sobald ich mittags zu meinem Ausflug aufbreche, unternehmen die beiden auch etwas. Entweder machen sie Spaziergänge oder sie besuchen Freunde oder Bekannte. Gegen Abend zum Einbruch der Dunkelheit steuern wir alle wieder unser Zuhause an. Stets haben sie fetzige Musik im Auto an. Neuerdings gibt es einen Song von Dua Lipa mit dem Titel „Houdini!" Er wird sehr oft gespielt und schon öfters habe ich dieses Lied beim Öffnen der Autotüren gehört. Sam und Sue sind dadurch gut gelaunt und freuen sich auf mich. Falls ich früher heimkomme als sie, habe ich einen Stuhl im Carport stehen, auf dem ich bequem und trocken, auf einem Stück Teppichboden sitzen kann. So höre ich sehr gut, wenn ein Auto rasant angefahren kommt. So weiß ich, dass meine Freunde kommen. Sue sagt oft, dass ich die Ampeln auf die Farbe Grün gezaubert hätte, weil sie so schnell durchgekommen sind. Das freut mich sehr, und ich übe deshalb weitere neue Zauberstücke ein, wie zum

Beispiel das Mäuse herzaubern oder aus Regenwetter Sonnenschein machen.

Aber ich benötige wohl noch einige Übungsstunden!

Kater Springinsfeld

Vor kurzem nannte in meiner Gegenwart Sue den Namen „Springinsfeld". Ich schaute mich im Zimmer um, ob noch ein Samtpfötler zugegen war, und Sue mit diesem gesprochen hatte. Ich schaute unters Sofa, unter den schweren Eichentisch und alle Stühle, doch nirgends sah ich einen Artgenossen. Ich wunderte mich sehr und entschloss mich, genau zuzuhören, wenn sie mit ihrem Mann sprach oder mit Freunden telefonierte, um das Geheimnis dieses mysteriösen „Springinsfeld" zu lösen.
Ich musste nicht lange Geduld aufbringen, denn am Nachmittag des 02.02.2024 läutete die Türglocke. Sues Freundin Brigitte betrat unser Haus. „Oh je," dachte ich, „diese Person bedeutet für mich wieder Ohrenschmerzen, denn Brigittes Sprechgeschwindigkeit und ihre Lautstärke fühlt sich an wie Maschinengewehrfeuer. Trotzdem musste ich zuhören und konnte mich nicht verkriechen, wenn ich wissen wollte, was es mit diesem „Springinsfeld" auf sich hatte: Ich lauschte mit qualvoll verzerrtem Gesicht.

Sue kredenzte Brigitte Kaffee und Kuchen. Ich wunderte mich, in welcher Sensationszeit diese Person den Kuchen aufgegessen hatte, obwohl ihr Mund dauernd in Bewegung war, um Sue das Neueste über ihre Nachbarn mitzuteilen. Brigitte war wieder einmal ein Beispiel für ein Multitasking Genie!
Sie erzählte ausführlich wie der Hund der Nachbarin beim letzten Waldspaziergang von einem Kampfhund

angegriffen worden war. Sie beschrieb alle Verletzungen des Hundes und seiner Besitzerin, als wäre sie dabei gewesen. Jeder Blutspritzer auf der Jacke und der Hose der Nachbarin wurde erwähnt. Sue fragte Brigitte, ob sie jemals bei der Spurensicherung der Polizei gearbeitet hatte.

Brigitte verneinte.

Sue schenkte Brigitte eine weitere Tasse Kaffee ein und bot ein Stück Apfelkuchen an, was Brigitte gerne annahm. Da Brigittes Mund kurzzeitig mit Kauen beschäftigt war, da sie ein riesiges Stück im Mund hatte, begann Sue zu dozieren: "Dass man Hunde dressieren und abrichten kann, ist hinlänglich bekannt. Den einen Besitzern gelingt es gut, den anderen nicht so gut. Nachlässig erzogene Tiere bergen jedoch große Gefahren für den Besitzer, als auch für die Mitmenschen. Sollten die Hundehalter ihren Hund nicht "im Griff" haben, kann es passieren, dass die Hunde, als auch die Halter in eine Beißerei verwickelt werden, falls sie sich einmischen. Dann muss mit körperlichen Blessuren auf beiden Seiten gerechnet werden.

Noch immer herrscht unter der Mehrzahl der Bevölkerung die Meinung, dass Katzen eigensinnig sind und sich nicht erziehen lassen. Diese Meinung ist grottenfalsch! Es kommt immer darauf an, wie viel Zeit sich der Tierfreund nimmt, um seinem Schützling Dinge abzugewöhnen, die ihm nicht passen. Meist geht es darum, dass die Tiere Gegenstände im Haushalt zerstören, Schmutz oder ihre Beute wie zum Beispiel Mäuse ins Haus bringen."

Brigittes Kuchenteller war leer, und sie antwortete:

"Hunde kann man erziehen, aber Katzen nicht!"

Sue schmunzelte und verneinte diese Aussage. Sie sagte: "Katzen sind genauso lernfähig wie Hunde. Man braucht nur eine längere Zeit um ihr Vertrauen zu gewinnen.

Ihre Erziehung benötigt Konsequenz, das heißt, eine gewisse Strenge, und es darf nicht einmal etwas durchgelassen werden, und das andere Mal nicht.

Je früher die kleinen Katzen etwas lernen, desto einfacher ist es!

Katzen, die das jugendliche Alter überschritten haben und eine gewisse Zeit als Freigänger oder Verstoßener in der freien Natur verbracht haben, wollen zum Beispiel die Benutzung einer Katzentoilette nicht lernen, sondern ihre "Geschäfte" in alter Manier fortführen. Für den neuen Halter, dem das Tier wahrscheinlich zugelaufen ist, oder der es aus einem Tierheim geholt hat, ist diese Angewohnheit aber auch von Vorteil. Die lästige Katzentoilettenputzerei und damit einhergehenden Verschmutzungen durch Zuscharren entfallen. Außerdem erfreut sich ein Freigänger immer einer besseren Gesundheit als ein Stubentiger. Sofern er kastriert ist, stimmt diese Aussage zu 100 Prozent, denn er macht kleinere Ausflüge als seine potenten Brüder, die stets auf der Suche nach einer heißen Katze manchmal "kopflos" im Liebestaumel über die Straße rennen und einen Verkehrsunfall, Verletzungen oder gar den Tod riskieren."

Brigitte, die bis dato noch nie länger als eine Minute geschwiegen hatte, sagte ehrfurchtsvoll zu Sue: "Ist mir etwas entgangen, hast du heimlich Tierpsychologie studiert? Dein Vortrag war absolut interessant. Kannst du mir noch ein paar Geheimnisse über das Denken von Tieren und Menschen erklären?"

Sue setzte ihren Vortrag fort:
„Jedes Lebewesen, einschließlich des Menschen, besteht aus Emotionen und Verstand.
Viele sprechen den Tieren Verstand und Wille ab. Als langjährige Katzenbesitzerin in Familientradition über mehrere Generationen muss ich das Gegenteil behaupten. Ich habe in meinem Leben mehr dumme Menschen als Katzen kennengelernt.
Bei unserem Tiger ist es total erstaunlich, wie er seine Pläne verfolgt und sich davon nicht abbringen lässt. Da ich nicht möchte, dass er den Nachbargarten betritt, da dort ein mehrfach vorbestrafter Psychopath und Katzenmörder wohnt, habe ich des öfteren schon versucht ihn von seinem Plan, in diesem verwilderten Garten Mäuse zu fangen abzubringen. Doch da er weiß, dass dort die Wahrscheinlichkeit einen schnellen Fang zu machen, bedeutend höher ist als in einem „Ziergarten", hat er des öfteren schon seinen Willen und Eigensinn bewiesen.
Habe ich ihm den Ostweg zu dem Nachbargarten versperrt, hat er sich einige Minuten geduldet, bis ich wieder im Haus verschwunden war. Da ich meinen Gauner aber kenne und den Ostweg heimlich überwachte, von dem ich ihn dann verscheuchte, hat er einfach den Westweg ums Haus genommen. Zwischenzeitlich ist dieser Weg durch ein Tor versperrt.

Des Öfteren habe ich ihn auch kurz vor dem Abbiegen erwischt und in den hintersten Teil des südlichen Gartens getragen. Dann spielen wir ein wenig mit einer Schnur, die er versucht zu fangen. Wenn er genug hat, springt er meist zum südlichen Nachbarn, der ihn zwar nicht mag, aber ihm nichts antut. Doch manchmal ist er auch schon unter dem Zaun durchgekrochen und über die große Pferdeweide, anschließend durch unseren Garten und dann zum bösen Nachbar gelaufen. Trotz allem!

Wunderschön ist, dass er, wenn er morgens zu Besuch kommt und Hunger hat, wie ein Silberpfeil durch den Garten rennt. Manchmal ist er so schnell, dass er, wenn seine kleinen Füße nass sind, längs durch den Wintergarten rutscht. Nach seinem Frühstück möchte er ein Morgenschläfchen abhalten.

Er hat einen Lieblingsstuhl, auf dem er meistens ruht, und seine langen Haare verteilt. Manchmal möchte er aber gerecht sein und gönnt sein Fell auch anderen Stühlen.

Inzwischen hat er sich angewöhnt, nach dem zweiten Frühstücksgang im Wintergarten, neben "seinem" Stuhl zu warten. Er möchte, dass ich ihm erlaube diesen zu benutzen.

Dazu klopfe ich dreimal mit der Hand auf das Polster und sage "Spring!" Was macht das Tier?

Zu 99% folgt er meinem Wunsch!

Brigitte sagte: "Wow, das hätte ich niemals gedacht, dass dieser kleine Kerl so schlau ist! Darf ich ihn streicheln?"

Sue antwortete: "Frage ihn selbst! Nähere dich ihm vorsichtig mit deiner Hand und lass sie von ihm beschnuppern. Falls er schnurrt, hast du die Erlaubnis von ihm, doch falls er zornig brummt, bring deine Hand in Sicherheit. Brigitte tat wie geheißen. Sie fragte ihn sogar: "Darf ich Herrn Springinsfeld berühren?"

Ich schnurrte!

Zärtlich streichelte sie mich.

So kam ich als "Kater der 1000 Namen" schon wieder zu einem neuen Kosewort!

Der Eilzug fährt ab

Sue hatte mir am 14.02.2024 ein köstliches Abendessen angeboten. Zuerst gab es Thunfisch, dann folgte ein Truthahnmenü meiner Lieblingsfirma. Ich war angenehm gesättigt und lief noch ein wenig im Türbereich des Wintergartens von links nach rechts. Sue hatte meinen Verdauungsspaziergang wohl fehlgedeutet, denn sie sagte in etwas enttäuschten Tonfall: "Das ist ja wohl die Härte, erst alle Leckereien genießen, und dann wieder um Ausgang betteln!"
"Oh je", dachte ich, "jetzt hat meine geliebte Freundin etwas falsch verstanden!" Ich sah meine mit Leckereien gefüllten Katzenbecherchen plötzlich rechts und links mit Flügeln ausgestattet, welche mit leichten Schwingungen zu fliegen begannen. Die Wintergartentüre öffnete sich und meine Leckereien segelten nun mit schnellem Flügelschlag Richtung Garten. "Jetzt aber schnell", sagte ich zu mir und rannte in einem Affentempo zu meinem Lieblingsstuhl, den mir Sue stets als Platz mit den Worten anwies: "Spring, mein Schatz!" Ich rannte so schnell durch den Wintergarten zu meinem Stuhl, dass Sues Ehemann vom Sofa aufschnellte und nachschaute, was denn los war. Auch Sue hatte so große Augen wie Mahlsteine einer Mühle, denn in diesem Tempo hatte sie mich noch nie gesehen.
Oben auf dem Stuhl zelebrierte ich meine traditionellen Drehungen um die richtige Schlafposition einzunehmen und innerhalb von 60 Sekunden war ich einge-

schlafen und hatte keine Sorgen mehr!

Der Balkonfreak

Samstag, der 17. Februar 2024, war ein Ausnahmetag bezüglich Sonnenschein und Temperaturen.
Schon am frühen Morgen hatte es 12 Grad, um die Mittagszeit näherte sich die Temperaturanzeige der 20 Grad Marke.
Am Nachmittag stellten deshalb Sue und Sam die Stühle für den Balkon, welche im Büro ihr Winterdasein gefristet hatten, ins Freie.
Ich saß vor der Wintergartentüre und wollte ins Haus, denn ich hatte lange genug den Mäusen nachgejagt. Jetzt versuchte ich auf eine weniger zeitaufwendige Methode an Futter zu gelangen, indem ich mein schönstes Gesicht aufsetzte und voller Inbrunst um Futter miaute. Gleich war ich im Haus, und mein Napf wurde gefüllt! Nachdem ich alles ausgeschleckt hatte, setzte mich Sue auf die Treppe nach oben ins erste Obergeschoss. Eigentlich hatte ich keine Lust hochzugehen, denn im Wintergarten konnte ich in meinem Sessel vorzüglich schlafen.
Schließlich erfüllte ich ihr doch den Wunsch, den sie mit Nachdruck an mich heran trug, denn sie schubste mein Hinterteil die Treppe hoch.
Oben angekommen, folgte ich ihr auf den Balkon. Ich lief ringsum den Balkon ab, denn ich traute meinen Augen nicht. Das schöne Metallgitter, durch dessen Stäbe man die Aktionen in allen umliegenden Gärten beobachten konnte, war verschwunden. Stattdessen gab es riesige hellgrau eingefärbte Scheiben, welche mit Klemmen an einem neuen Aluminiumbalkongeländer

befestigt waren.

Nur an den Eckpunkten konnte man noch hinausschauen. Ich war sehr enttäuscht. Immer wieder hatten die zwei irgendwelche Änderungen durchführen lassen, welche mir überhaupt nicht gefielen. So war es auch mit der hinteren Gartenhütte gewesen, bei der ich rechts und links der Hütte das Gelände problemlos verlassen konnte und zu der Pferdeweide kam, welche mit Mauslöchern gespickt war.

Doch erfinderisch wie ich nun mal bin, fand ich auch in diesem Fall eine Lösung: mit einem galanten Sprung landete ich auf dem Dach des Wintergartens, auf dem ich mich dank eines nicht vorhandenen Schwindelgefühls wunderbar bewegen konnte und selbst bis zum äußeren Rand des Bauwerks ging, von dem es sechs bis acht Meter in die Tiefe geht.

Schließlich muss ich gestehen, dass es mir dort oben noch tausendmal besser gefiel als im Wintergarten. Als ich am Abend und in der Nacht nach einem ausgiebigen Schlaf bis 4:15 Uhr vom Wintergarten nach oben ins Schlafzimmer kam, um für Ausgang nachzufragen, fiel mir das tolle Panorama von gestern wieder ein, und ich bat um Ausgang auf den Balkon. Der wurde mir allerdings verwehrt, da Sue davon ausging, dass es nur ein kurzer Besuch werden würde, und ich dann doch nach kurzer Zeit ins Freie gehen wollte. So wurde ich in das Erdgeschoss begleitet und ins Freie entlassen.

Heute Nachmittag werde ich es erneut versuchen auf den Balkon zu kommen!

Kater Vorwerk

Freunde von Sue und Sam haben, so wie wir, seit Jahren immer wieder anhängliche Besucher, welche sich nach kurzem Probewohnen häuslich einrichten.

Meist kommen diese Gesellen, bei unseren zwei Familien vorzugsweise Kater, welche nach einer Zeit der genauen Beobachtung der menschlichen Stärken und Schwächen, zu dem Schluss, dass sie es hätten nicht besser treffen können. Denn das Futter stimmt, es werden keine Reste verfüttert, sondern das Beste ist für uns „Götter im Pelzmantel" gerade gut genug!

So kamen Jacob und Marietta zu einem rot gelockten Vertreter der Gattung Felidae.

Er bekam den wundersamen Namen Vorwerk! Von der Firma Vorwerk wurden Staubsauger durch Vertreter direkt beim Kunden verkauft.

Diese „Berufsbezeichnung" lässt ahnen, wie die Geschichte um das „Bleiberecht" ausging. Wer jemals im Leben versucht hat, einen Vertretet an der Haustüre zum Teufel zu schicken, kann sich lebhaft vorstellen, wie Herr Vorwerk anhänglich wurde, nachdem er großzügige Portionen genossen und einen Schlafplatz bekommen hatte, dessen Kissen mit weichen Daunen befüllt war.

Die Firma Vorwerk wurde 1883 in Wuppertal gegründet und ist ein deutsches Erfolgsmodell bis zum heutigen Tag. Die Staubsauger sind kompakt und reparaturunanfällig. Die Mutter von Sue hatte in den 60er Jahren einige Modelle hintereinander und war immer sehr zufrieden.

Kater Vorwerk hatte bei unseren Freunden ein wunderbares Leben.

Wenn Jakob und Marietta ihr Haus verließen, wurde Vorwerk allerdings ins Freie gebeten. Das klappte vorzüglich, außer bei Regen.

Nebel, Schnee, Tau und massive Sturzbäche vom Himmel hasste er wie die Pest. Er maunzte vor der Balkontüre und heftete sich an den Vorhang, dass man ihn nicht mit dem Fuß hinausschieben konnte. In einer solchen Situation konnte er mit filmreifen Slapstick-Aufführungen aufwarten. Er war der beste Schauspieler landauf und landab!

Plötzlich quälten das „arme Tier" die schlimmsten Magenschmerzen. Er wälzte sich auf dem Teppichboden hin und her und schrie aus Leibeskräften.

Jakob und Marietta vermuteten einen Magendurchbruch oder Schlimmeres und verfrachteten das Tier vorsichtig in den Katzenkorb. Sie informierten die Tierklinik, dass sie in wenigen Minuten mit einem Todeskandidaten vor ihren Toren stehen würden.

In der Klinik wurde alles vorbereitet: Betäubungs- und Schmerzmittel gerichtet, die Röntgen- und CT-Geräte gewartet, das Personal stand parat.

Nach zwei Stunden Einsatz aller teuren Hilfsmittel und der Zahlung von fast 1000 Euro, saß ein gutgelaunter, gesunder Kater Vorwerk auf dem Rücksitz des Wagens neben seinem Katzenkorb und fuhr freudestrahlend mit seiner Familie nach Hause.

Der Regen hatte zwischenzeitlich aufgehört!

Elf Jahre war Kater Vorwerk bei Marietta und Jacob, nun war er etwa 13 Jahre alt, denn als er sie zu seinen Katzeneltern adoptiert hatte, war er bereits zwei Jahre alt gewesen. Diese elf Jahre bei seinen verständnisvollen Katzenfreunden hatte er bewusst genossen. Alle schlechten Erfahrungen, die er in seiner Jugend machen musste, waren vergessen.

„Großteils vergessen", dachte sich Vorwerk, der seinen Lieblingsmenschen nicht widersprechen wollte.

Er hatte gelebt wie ein Fürst oder König aus dem Mittelalter mit bestem Speis' und Trank, einem Bett aus feinsten Daunen und einem goldenen Trink- und Essgefäß.

Er war ein sehr kluger und dankbarer Kater und gab die Freude, die ihm geschenkt wurde, in doppelter Hinsicht zurück.

Es war genau der Tag des Frühlingsanfangs vor zwei Jahren, als Marietta in der Küche das Frühstück zubereitete, als der Kater ein leises und klägliches Miauen hören ließ. Noch nie hatte er solche Töne ausgestoßen und Marietta war sehr beunruhigt. Jacob befand sich noch im Bad und Marietta rief laut nach ihm. Als Jacob in die Küche kam, verdrehte der Kater schon die Augen und schaute Richtung Himmel. Dann sah es aus, als würde ein Blitz in seinen Kopf einschlagen, und der kleine Körper sackte in sich zusammen.

Er starb, wie er gelebt hatte: schnell, genießerisch und glücklich!

Wenn Zwei sich streiten, freut sich der Dritte

Ich habe den großen Jagdschein, was ich gerne und reichlich betreibe. Meist bringe ich eine ausreichende Beute nach Hause. Handelt es sich um junge und schmackhafte Mäuschen, verzehre ich sie auch.
Alte Spitzmäuse sind zäh, eignen sich aber dazu seinem geliebten Katzenfreund ein Geschenk zu machen. Als Gegengeschenk bekomme ich dafür meist für meine bewiesene Liebe Spezialnahrung aus der fünf Sterne Küche!
Am Samstag, den 10.03.2024 war mir das Glück hold gewesen, und ich hatte eine Spitzmaus gefangen. Genau in dem Moment, als ich sie im Maul hatte, öffnete Sue die Haustüre und hielt nach mir Ausschau. Sie sah mich mitten auf der grünen Wiese und erkannte, dass ich etwas zwischen den Zähnen hielt. Das war die Gelegenheit, ihr zu beweisen, was für ein vorzüglicher Jäger ich bin, und sie sich glücklich schätzen darf solch einen umsichtigen Bewacher um sich zu haben. Also lief ich ihr die halbe Strecke des Abstands entgegen. Vor ihr spielte ich das „Mäusespiel", welches für Menschen brutal aussieht, da die Maus immer wieder springen gelassen und erneut gefangen wird. Wir Katzen spielen die Mäuse sozusagen tot, nichts für schwache Menschennerven.
Das sah ein älterer Rabe, der zusammen mit seiner „Lebensgefährtin" des öfteren im großen Nussbaum Pause macht und das Haus beobachtet. Er dachte sich seinen Teil! Er beobachtete mich und die Maus weiterhin.

Als er sah, dass ich kein Interesse mehr hatte, da die Maus einen toten Eindruck machte, getraute er sich einen Meter neben mir zu landen und wartete ab.

Der Maus, die sich die ganze Zeit nur tot gestellt hatte, wurde die Sache zu heiß, und sie wollte wegrennen. Das war die Gelegenheit für den Raben zuzugreifen. Mit einem großen Satz war er über der Maus, sie verschwand in seinem Schnabel und ein „Kater mit Augen wie Windmühlen" folgte seinem Flug.

Der Rabe flog vergnügt eine Runde rechts und eine Runde links um den Walnussbaum und landete schließlich auf dem dritthöchsten Ast, auf dem seine geliebte Rabea saß. Er zeigte ihr seine Beute, die er mir abgejagt hatte.

Ein Ornithologe hätte den Gesichtsausdruck der Raben sicherlich mit "schadenfreudig" charakterisiert", doch ich starrte schon auf das nächstgelegene Mauseloch und überspielte meinen Zorn mit Geschäftigkeit.

Der Rabe, ein wahrer Bekenner von Lebensgemeinschaften, nicht zu verwechseln mit den menschlichen Lebensabschnittspartnerschaften, bot seiner Partnerin die Maus an, während er die untere Hälfte weiter festhielt. So zogen sie schließlich beide wie die Wilden an der kleinen Maus. Da ihre Schnäbel äußerst kräftig sind, gelang es ihnen in der Tat die Maus in der Mitte ihres Leibes auseinander zu reißen.

Was sich nicht teilen ließ, war ihr Schwanz, der abfiel und wie eine Vogelfeder zu Boden schwebte.

Er landete, es ist kaum zu glauben, auf der Nase von mir. War das Absicht? Sofort fiel mir uralte Sprichwort

ein: "Wer den Schaden hat, spottet jeder Beschrei-
bung!"

Eine Tragikomödie

Sues Freundin Chiasma hat drei Maine Coone Katzen. Ihr Fell ist größtenteils weiß. Es sind drei Katzendamen zwischen drei und sieben Jahren. Sie haben ein Gewicht von etwa fünf Kilogramm. Wem das viel erscheint, sollte wissen, dass die Katzenmänner circa das Doppelte wiegen können.
Maine Coone Katzen genießen die menschliche Gesellschaft und gelten als intelligent und gemütlich. Sie haben einen großen Bewegungsdrang und sind deshalb für kleine Wohnungen nicht geeignet.
Zu "ihren" Menschen sind sie sehr loyal und niemals aggressiv. Im Gegenteil, am liebsten sind sie immer in ihrer Nähe.
Das war auch bei Chiasma so, insbesondere nach ihrem Umzug aus einer Wohnung in das Elternhaus, in dem ihr Vater mit 95 Jahren noch wohnen konnte und sich größtenteils selbst versorgte.
Nun hatten die drei Katzen viel mehr Raum als zuvor und lebten richtiggehend auf.
Da Chiasmas Katzen zuvor in der Wohnung niemals ins Freie gedurft hatten, behielt Chiasma die Katzentoiletten bei und vergrößerte ihre Anzahl auf 7 Stück, da sich die Katzen nun in zwei Geschossen aufhalten durften. Die Katzen waren treu und loyal im Gegensatz zu den Freunden, welche Chiasma in den vorangegangenen Jahren gehabt hatte. Da sie von den männlichen Zweibeinern sehr enttäuscht worden war, liebte sie ihre Katzen umso mehr. Sie genossen in ihrem "neuen"

Zuhause sämtliche Freiheiten.

Als ihr Vater starb, kam ihre Schwester mit ihrem Ehemann ins Elternhaus und fiel aus allen Wolken, als sie den Zustand des Hauses sahen. Sie bezeichneten es als stinkende Katakombe, und bestanden darauf, dass ihre Schwester baldmöglichst mit ihren Katzen ausziehen solle, damit das Haus renoviert werden könne, um es lukrativ zu verkaufen.

Das war für die wenig entscheidungsfreudige Chiasma der "Weltuntergang". Natürlich würde vom Verkauf des Elternhauses genügend Geld für sie übrig bleiben, dass sie sich eventuell ein kleines älteres Haus leisten könne, doch bis sie diesen Weg hätte beschreiten können, hätte sie genauso gut für den nächsten Urlaub eine "Mont Blanc Besteigung" buchen können.

Chiasmas Schwester war glücklicherweise keine bösartige Person, welche sie auf sofortigen Auszug nötigte, sondern sie gab ihr Zeit, sich an die neue Situation zu gewöhnen. Allerdings sah ihre Schwester die weitere Zukunft nicht in den rosigsten Farben, da sie die Unflexibilität von Chiasma kannte.

"Was tun? ", sprach Zeus.

Glücklicherweise müssen nicht alle Entscheidungen von Menschen gefällt werden, denn in diesem Falle hätte es wahrscheinlich Jahre gedauert, bis sich diese Angelegenheit geregelt hätte.

Tätig wurden die drei Katzen mit den schönen Namen "Cosma, Alisa und Alma", die so viel bedeuten wie "die Welt, übernatürliches Wesen und Seele!"

Diese drei "Schicksalsgöttinnen" entwischten einige

Tage nach dem Besuch der Schwester durch die Küchentüre, welche Chiasma wegen der Kochgerüche geöffnet hatte, in den Garten.

Obwohl Chiasma die Katzen gleich danach suchte, fand sie diese nicht. Sie war den ganzen Tag verzweifelt und wusste nicht, wo sie mit der Suche anfangen sollte. Schließlich raffte sie sich am Abend zu einem weiteren Gang durch ihr Wohnviertel auf. Vor einem kleinen älteren Einfamilienhaus in der Parallelstraße blieb sie stehen und lauschte, denn sie meinte, ein Miauen gehört zu haben. Eine ältere Dame, die in ihrem Garten Unkraut jätete, sah sie und begann ein Gespräch mit ihr. Chiasma berichtete von ihren "geflüchteten" Katzen, und die ältere Dame lachte lauthals. Chiasma schaute sie fragend und verständnislos an, da deutete die Gärtnerin auf den hinteren Teil ihres Gartens und zeigte auf ein kleines Gartenhaus mit einer gemütlichen Veranda, die von der Sonne beschienen wurde. Darauf lagen die Katzen und aalten sich in der Wärme! Chiasma war zunächst sprachlos!

Da sich die Katzen so sehr wohl fühlten, schlug die ältere Dame vor gemeinsam einen Kaffee in der Nähe des Gartenhauses zu trinken, wo ein Tisch und zwei Stühle standen.

Beim Kaffeeplausch berichtete die ältere Dame, dass sie keine Verwandten mehr habe. Da sie in ihrem hohen Alter immer mehr Probleme hatte, ihren Haushalt alleine zu bewältigen, sagte sie unter leisem Schluchzen, dass sie wohl bald in ein Pflegeheim umziehen müsse, obwohl sie ihre Selbstständigkeit so sehr liebte. Sie hasste große Menschenansammlungen, als auch die Art jüngerer Menschen mit älteren so umzugehen, als wären sie geistig behindert.

Als sie schließlich zu weinen anfing, legte Chiasma ihren Arm um sie und unterbreitete ihr einen Vorschlag. Sie sagte: "Ich habe ein ähnliches Problem wie Sie. Meine Schwester möchte, dass ich mit meinen drei Katzen aus dem gemeinsamen Elternhaus ausziehe, damit sie es renovieren und teuer verkaufen kann. Natürlich bekomme ich von ihr die Hälfte des erlösten Verkaufswertes, doch müsste ich mir in absehbarer Zeit ein neues Zuhause suchen. Da ich gesundheitlich nicht topfit bin, würde mir das sehr schwer fallen. Sollten wir uns sympathisch sein, könnten wir eine Probezeit vereinbaren, in der ich Sie unterstütze. Dafür dürfte ich mit meinen drei Katzen bei Ihnen einziehen. Ich vereinbare mit meiner Schwester, dass ich ins Elternhaus wieder zurückkehren kann, sollten wir uns nicht verstehen."

Die ältere Dame lächelte und sagte: "Bastet hat anscheinend meine Wünsche erhört! Wir vereinbaren eine Probezeit von drei Monaten, und wenn wir uns nach dieser Zeit noch gut verstehen, setze ich ein Testament auf, in dem Sie mein Haus erben werden."

Chiasma antwortete: "Das möchte ich nicht! Ich glaube, dass wir mit den Katzen noch viele schöne gemeinsame Jahre vor uns haben.

Aber wer ist Bastet? Ist das eine Freundin von Ihnen?"

Die ältere Dame lachte aus vollem Halse und sagte: "Ich heiße Emma, und ich wäre sehr glücklich, du würdest mich beim Vornamen nennen. Bastet ist in der Tat meine Freundin, denn ich habe mein ganzes Leben

lang Katzen als Begleiter gehabt.
Bastet gilt in der ägyptischen Mythologie als Göttin der Katzen, und ich glaube an sie.
Ich bin mir sogar ganz sicher, dass sie uns beide über deine schönen und lieben Katzen zusammengeführt hat!
Lass uns dieses Abenteuer gemeinsam erleben!"

Die bengalische Schönheit

"Welch eine elegante und anmutige Vertreterin ihrer Rasse mir heute begegnet ist, könnt ihr euch in keiner Weise vorstellen.

Sie hat einen athletischen und muskulösen Körper und eine offene und sympathische Art, denn sie ist sehr kommunikativ und plaudert gerne ausgiebig.

Sie gab sich zurückhaltend, doch ich hatte den Eindruck, dass sie in ihrem Inneren einen wilden Charakter hat. Sie scheint mir zu der seltenen Gattung des weiblichen Geschlechts zu gehören, welches nicht von einem männlichen Genossen betüttelt und verwöhnt werden will, sondern sie steht mit den eigenen Beinen im Leben.

Sie will ihrem Geliebten lieber ein Kumpel sein, mit dem sie durch Dick und Dünn gehen kann, als eine versnobte Lady, der man täglich Geschenke zu Füßen legen muss!"

"Von wem sprichst du denn?" fragten mich Sue und Sam. Solch ein Wortschwall an Lobeshymnen hatten sie von mir noch nie vernommen.

Ich antwortete: "Als ihr gestern Abend nach Hause gekommen seid, habt ihr mich doch bestimmt gesehen, als ich mich aus Schutz vor eurem Auto unter einem parkenden Wagen versteckt habe.

Habt ihr auch meine schöne Begleiterin, die Dame im Leopardenmantel gesehen? Sie saß auf dem kleinen Mäuerchen vor dem Haus mit der Nummer 13.

Sue antwortete: "Eines ist mir genauestens aufgefallen. Als du endlich nach Hause gekommen bist und dich am Abendessen gütlich getan hast, warst du sehr nervös. Du hast nicht wie üblich das Mahl in Ruhe genossen, sondern du bist oft zur Wintergartentüre gelaufen und hast Ausschau nach irgendjemanden gehalten. Aha, das war wohl die schöne Fremde!"

"Ja, das war sie!", gab ich zu. Euch ist sie doch bestimmt auch aufgefallen?

Neulich habe ich eurem Gespräch gelauscht und gehört, dass euch ein solches Geschöpf sehr gefallen würde. Der Zufall, bzw. Bastet hat es gewollt, dass sich unser beider Weg kreuzen soll.

Ob es bei einem Zufall bleiben wird, oder uns ein gemeinsamer Weg bevorsteht, kann heute niemand wissen. Das Schöne im Leben sind die positiven Überraschungen! Nehmen wir alles, wie es kommt und freuen uns am Guten. Alles Schlechte sollte vergessen, oder als Lernprogramm abgehakt werden unter dem Kapitel „Lebenserfahrung"!

Sue und Sam wunderten sich über meine weisen Gedanken und schwiegen, da sie darüber nachdachten.

Ich aber dachte an die „neue Nachbarin" und überlegte, ob eine Bengalkatze automatisch „bengalisches Feuer" hat.

Sue wusste, dass diese Rassekatze aus der Kreuzung der asiatischen Leopardkatze und einer Wildkatze stammt. Sie sind bis ins hohe Alter extrem verspielt und aktiv.

Sue lachte und dozierte weiter: „Sie ist genauso schwatzsüchtig wie du, und falls du dich mit ihr anfreundest, und sie oft mitbringst, müssen Sam und ich mit Sicherheit Ohrenstöpsel kaufen! Was dir sicher aber nicht gefallen wird, ist, dass sie Wasser sehr liebt. Sie wird dich bestimmt überreden, dass du im Angelsee mit ihr schwimmst.

Sie ist gerne aktiv und läuft schnell und weit. Das wird dir, lieber Marsello, guttun und dein Winterspeckbäuchlein wird bald schmelzen wie Eis in der Sonne."

Sues Bericht war sehr überraschend für mich und ich wusste nicht, ob eine solch aktive Partnerin das Richtige für mich wäre. Außerdem dachte ich noch immer an Chloè und trauerte um sie.

Doch vom vielen Überlegen war ich müde geworden und schlief ein.

Ein schöner Traum über dieses zauberhafte Wesen bedeutete eine Chance auf ein neues Glück!

Ein unglaubliches Erlebnis

Immer wenn ich fror und es mir kalt war, schlief ich nicht im Wintergarten, sondern legte mich im Wohnzimmer auf den Marmorboden, der durch eine Fußbodenheizung etwas warm war. Ich war gerade eingeschlafen, als etwas auf mich fiel, das weich war und nicht schmerzte. Aber ich sah nicht, was es war, denn alles um mich herum war dunkel geworden. Ich versuchte unter dem Gegenstand vorzukommen, aber es gelang mir nicht, da er groß war. Zwischenzeitlich waren meine Freunde ins Wohnzimmer gekommen und suchten mich.

Sie schauten unter jeden Tisch und in den angrenzenden Wintergarten sowie die Küche. Danach riefen sie laut nach mir, doch meine Antwort hörten sie anscheinend nicht, der Stoff musste also sehr dick sein. Ich hatte auch das Gefühl nicht genügend Luft zu bekommen und geriet in Panik. Ich versuchte nochmals hervorzukommen. Plötzlich sah Sue ihre schwere Winterjacke durch das Wohnzimmer schweben und erschreckte sehr. Schließlich setzte Sam dem Spuk ein Ende, denn er hob die Jacke auf, die über den Stuhl gehängt worden war und über mich gerutscht war. Ich war unglaublich froh, dass ich wieder frei atmen konnte. So einen Albtraum möchte ich niemals wieder erleben. Sue eilte in die Küche und brachte mir eine Scheibe Schinken, mein Lieblingsessen, damit ich den Schreck schnell wieder vergessen konnte!

Die Zaubermaus

Mimmi war eine hübsche Maus im besten Alter. Sie war sehr beliebt bei ihren Mitbewohnern, denn in der langen Winterzeit, wenn niemand gerne in die Kälte ging und man von den großen Vorratskammern lebte, welche in den Frühlings-, Sommer- und Herbstmonaten gefüllt worden waren, unterhielt sie ihre große Familie mit etwa 100 Verwandten durch spektakuläre Zaubertricks, welche sie in der dritten Vorratskammer vorführte, welche bereits leer gefuttert war.

Stets erntete sie für ihre großartigen Darbietungen einen riesigen Applaus, der durch Klatschen mit den kleinen Mäusepfoten und dem Aufstampfen von Mäusebeinen unterstützt wurde.

Obwohl eine Maus nur zwischen 20 und 25 Gramm wiegt, wirkte sich dies auf die Rasenoberfläche wie eine Stoßwelle aus, welche durch ein mittleres Erdbeben ausgelöst worden war.

Ich kontrollierte mein Territorium täglich nach Eindringlingen. Deshalb spürte ich diese unterirdische Eruption und fragte mich, wodurch diese ausgelöst worden war. Ich hatte gemerkt, dass diese Bewegung aus der unteren Erdschicht ausging.

Ich schaute in jedes Mauseloch und fingerte mit meiner Pfote darin herum, doch in die Tiefe ihrer Lager und Wohnungen kam ich mit meiner Pfote nicht. Die Mäuse lachten mich aus, wenn sie von viel weiter unten meine kurze, inzwischen schmutzig gewordene weiße Pfote sahen und genau wussten, dass sie nicht einen Zentimeter tiefer kommen konnte.

Doch als der Frühling wieder gekommen war, die Speisekammern waren bis auf einen kleinen Rest leer, hatten alle Mäuse ein riesiges Verlangen an die Erdoberfläche zu gehen und sich frische Nahrung zu holen.

Dies blieb einem guten Naturbeobachter wie mir nicht verborgen!
Ich hatte durch die frühlingshaften Temperaturen viel Testosteron und Adrenalin gebildet, so dass meine Hormone Purzelbäume schlugen und der Jagdtrieb aufs Heftigste geweckt wurde.
Nicht nur, dass ich sämtlichen Katzendamen, welche bei Spaziergängen in meine Nähe kamen, schöne Augen machte und sie eine gewisse Strecke verfolgte, sondern ich jagte auch jede Maus, die sich aus ihrem Mauseloch gewagt hatte, quer durch den Garten. Ich spielte eine für die Maus unheimlich lange Zeit mit ihr, biss ihr schließlich den Hals durch und fraß sie, mit Ausnahme von der bitteren Galle. Nur wer schneller oder schlauer war, konnte mir entkommen.

Auch Mimmi Mausini, die Zaubermaus, hatte sich auf die grüne bunte Wiese mit vielen Kräutern getraut und knabberte gerade an einem herrlich gelb blühenden Löwenzahn, als ich sie auf meinen Radar bekam. Die Blüte schmeckte nach der langen Abstinenz von Frischnahrung so gut, dass Mimmi die Augen geschlossen hatte um sich den Geschmack auf der Zunge zergehen zu lassen.
Diesen Moment nutzte ich. Ich bekam sie in meine Krallen, warf sie mehrmals in die Luft und jagte sie von

einem Baum zum anderen, hinter denen sie versuchte sich zu verstecken. Nachdem Mimmi gemerkt hatte, dass die wilden Verfolgungsjagden nur meinen Jagdinstinkt noch mehr anstachelten, stellte sie sich tot. Sofort hatte ich kein Interesse mehr an ihr und lief zu einem anderen Mauseloch, wo ich mir das nächste „Opfer" holen wollte. Diesen Moment des größeren Abstandes nutzte Mimmi. Sie erwachte zu neuem Leben und rannte, was das Zeug hielt. Sie rannte im wahrsten Sinne des Lebens um ihr Leben. Eine so schnelle Maus hatte ich noch nie gesehen und meine Verfolgung scheiterte. In "Null Komma nix" war Mimmi wieder in einem Mauseloch und damit gerettet.

Dank ihrer Zauberkünste und ihrer Schauspielkunst hatte sich Mimmi Mausini weggezaubert!

Das Omen

Am 8. April 2024 machte ich meinen üblichen Spaziergang am Nachmittag durch die umliegenden Wiesen und Gärten. Ich dachte an nichts Böses, als es plötzlich dunkel wurde. Der Mond schob sich langsam vor die Sonne, was man auch als Sonnenfinsternis bezeichnet. Keinesfalls soll man dann in die extrem helle Sonne blicken, sonst gelangen die gefährlichen UV-Strahlen ins Augeninnere und werden auf der äußerst empfindlichen Netzhaut gebündelt, was im schlimmsten Fall zu einer Erblindung führen kann. Ich wusste aus meiner Kindheit, dass mich meine Mutter vor solchen Phänomenen gewarnt hatte. Mit einem etwas mulmigen Gefühl lief ich schnell nach Hause. Glücklicherweise waren Sue und Sam im Wintergarten und öffneten mir sofort die Türe.

Auch sie sprachen über die Sonnenfinsternis, und dass in früheren Zeiten die Menschen eine solche Sonnenfinsternis als böses Omen sahen, das Tod, Zerstörung und Katastrophen auslösen konnte.

Die alten Griechen glaubten, dass die Götter wütend auf die Menschen seien und brachten ihnen Opfergaben dar.

Ich begleitete Sue in die Küche, wo sie mir ebenfalls eine Opfergabe reichte, nämlich ein Schälchen mit Thunfisch. Nach dem genüsslichen Verzehr legte ich mich in die dunkelste Ecke des Wohnzimmers, nämlich unter den großen und schweren Eichentisch, dass mich die Sonne nicht finden konnte und meinen empfindlichen Augen schaden. Dort schlief ich so lange, bis die

Sonne ganz verschwunden, und es dunkle Nacht war. Trotz allem hatte ich einen schrecklichen Albtraum: "Ich saß vor einem Mauseloch und wünschte mir, dass sich einer der Bewohner sehen ließ. Tatsächlich erschien nach einigen Minuten ein kleiner schwarzer Punkt, der beim Näherkommen immer größer wurde. Nachdem er vor mir stand, war er zehnmal so groß als im Mauseloch. Mir wurde angst und bange, und ich zog mich immer mehr zurück. Der schwarze Punkt folgte mir, und wurde dabei immer größer. Ich hatte Angst, dass er mich auffressen wolle. Deshalb drehte ich mich schnellstens um und rannte wie der Blitz davon. Er folgte mir in Windeseile. In letzter Sekunde öffnete Sue die Wintergartentüre, und ich war gerettet. Vom schnellen Rennen war ich so außer Puste, dass ich husten musste und dabei aufwachte."

Mini und Mia

Das Haus von Sue, Sam und mir liegt hinter einer großen Pferdeweide und ist umgeben von meist hübschen
Gärten. Ich könnte, wenn ich nicht so neugierig wäre,
den ganzen Tag auf diesem Gelände bleiben und die
etwa 100 Mäuselöcher kontrollieren.
Zwei Mäuselöcher sind ganz nah am Haus. Sie werden
bewohnt von den Mäuseteenagern Mini und Mia, die
miteinander befreundet sind. Ich beobachte sie jeden
Tag, aber es ist mir noch nicht gelungen, eine von ihnen zu fangen.
Sie sind gerade in das interessante Alter gekommen, in
dem sie sich beginnen für ihre männlichen Artgenossen zu interessieren.
Am 16.04.2024 herrschten frühlingshafte Temperaturen, welche ihre Hormone ankurbelten.
Mia berichtete, dass sie Linda getroffen hatte, welche
ihr erzählt hatte, dass Mini einen Freund hätte. Mini är-
gerte sich darüber, dass sie der "Schwatzbase" Linda
von ihrem neuen Schwarm berichtet hatte, doch jetzt
konnte sie nichts mehr ablügen. So beschrieb sie etwas ausführlicher den jungen Mäuserich, der ihr berichtet hatte, dass er Pilot war.
Mia und Mini saßen immer vor der Gartenhütte, deren
von der Abendsonne gewärmte Rückwand eine angenehme Temperatur abgab, als die Sonne langsam un-
terging. Mit dem Erscheinen des Morgensterns am
Himmel wurde es kälter, und eine kleine Gestalt ver-
dunkelte den letzten Strahl der Abendsonne. Erstaunlicherweise hatte sie Mini im Visier und rief ihr etwas zu.

Sogleich fragte Mia: "Ist das etwa dein neuer Freund? Das ist doch kein Pilot, das ist eine Fledermaus, die du dir angelacht hast."

Danach trennten sich ihre Wege ziemlich schnell, Mia ging mit einem hämischen Lächeln davon.

Mini war verschnupft und verärgert. Sie schwor sich ihrer geschwätzigen Freundin die Freundschaft zu kündigen.

Als sie noch einige Minuten vor der Gartenhütte stand, welche immer noch wärmte, dachte sie über die Reaktion von Mia nach und kam zu dem Schluss, dass bei ihr eventuell auch Neid mitgespielt haben könnte. Als der kleine Fledermausmann noch einmal angeflogen kam, ihr die tollsten Pirouetten zeigte und mit seinem linken Flügel zuwinkte, fühlte sie sich umschwärmt und winkte ihm zurück, was er mit einem Doppelachter quittierte.

Lächelnd marschierte Mini nach Hause und der Ärger über Mia und Linda war vergessen. Liebevoll dachte sie auf dem Heimweg an den tollkühnen Fledermausmann und nannte ihn: "Quacks, der Bruchpilot"!

Die folgenden Tage und Wochen sah sie ihn seltsamerweise nicht mehr fliegen und langsam vergaß sie ihn. Sie dachte erst wieder an ihn, als sie ein seltsames Schauspiel beobachtete:

Mini und Mia hatten ihre Mäusenester in der Nähe eines kleinen Einfamilienhauses, in dem ich mit Sue und Sam wohnte. Ich hatte die zwei Mäuse schon öfters beobachtet.

Mia hatte einmal über mich gehetzt. Sie hatte gesagt: „Der Kater führt sich auf, als wäre er der "Prinz von Za-

munda"! Ihm werden anscheinend alle Wünsche erfüllt, zumindest lässt das sein "Gourmetgewölbe" ver-
muten.

Doch gestern habe ich Mia gefangen. Ihre Freundin
Mimi hat zugeschaut und keine Träne vergossen.

Seit der Begegnung mit der Fledermaus sind sie keine
Freundinnen mehr. Ich wollte Mia, die gefangene Maus,
meinen Freunden Sue und Sam schenken, doch als ich
sie einen Moment los ließ, rannte sie die Kellertreppe
hinunter und versteckte sich unter einem großen
Schrank, denn sie war gar nicht tot. Ich kam nicht unter den Schrank, da der Abstand zum Fußboden zu gering war. Statt eine Freude machen zu können, musste
ich Sue und Sam beichten, dass ich einen Nager ins
Haus gebracht hatte.

Nun stellte der Hausherr einen Lebendkäfig vor den
Schrank. Am nächsten Morgen schaute Sam nach dem
Käfig. Tatsächlich war die Maus darin gefangen.

Er trug Mia die Kellertreppe hoch und wollte ihr durch
einen Wurf über den Maschendrahtzaun die Freiheit zu-
rückgeben. Doch genau in diesem Moment kam der
Rabe Modin, der mit seiner Frau Odin den großen Walnussbaum des Nachbarn bewohnt, schnellstens angeflogen und schnappte sich Mia im Flug.

Er flog drei Wiesen weiter, wo er sich niederließ und
die Maus alleine verspeiste, da seine Frau die Aktion
nicht mitbekommen hatte.

Da Mini immer noch böse auf Mia war, hielt sich ihr
Mitleid in Grenzen.

Ich war mit Sam ins Freie gegangen um zu sehen, was er mit der Maus machen würde. Vorher hatte er mir eine „Predigt" gehalten, dass ich keine lebenden Mäuse mehr ins Haus bringen solle!

Obwohl ich die zwei Raben nicht mag, da sie mich öfters verfolgen und meine Futterreste wegfressen, mich laut anschreien und meine Mäuse vertreiben, musste ich lachen, wie schnell sich das Schicksal der Maus ins Umgekehrte verwandelte und damit ihr Schicksal besiegelte.

Mensch und Katze

Schlaf ist eine Göttergabe!
In diesem Dämmerzustand ist dem Körper eines Tiers
oder eines Menschen Heilung von Krankheiten oder
Verletzungen körperlicher oder seelischer Art am inten-
sivsten möglich.
Der Entzug von Schlaf gilt deshalb als Foltermethode!
"Wer hat's erfunden?" "Keine Frage, natürlich der
Mensch!"
Aber auch kreative, philosophische, originelle und lustige Ideen sowie Erfindungen können in diesem Zustand oder dem sanften Übergang zum Wachsein entstehen.
So dachte ich vor kurzem über die Redensart der Menschen nach, dass Katzen "sieben Leben haben", was
bedeuten soll, dass sie dem Teufel sechsmal "von der
Schippe springen können".
Nicht verschweigen möchte ich, dass es auch unver-
besserliche Optimisten gibt, die behaupten, dass Katzen sogar acht Leben haben.
Oft wurde schon versucht, das Alter von Tieren, insbesondere von Katzen und Hunden, mit dem des Menschen zu vergleichen und entsprechend umzurechnen.
Eine Formel, die allgemein anerkannt, aber nicht bewiesen ist, besagt, dass die ersten beiden Lebensjahre
einer Katze etwa einem 25-jährigen Menschen entspre-
chen. Allerdings ist beachtenswert, dass weibliche Katzen im Alter zwischen sieben und acht Monaten, Kater
zwischen dem fünften und siebten Lebensmonat ge-

schlechtsreif werden. Später im Jahr geborene Katzen erreichen die Geschlechtsreife früher.

Nach den ersten beiden Lebensjahren einer Katze, entspricht jedes weitere Jahr ungefähr vier Menschenjahren.

Ich versuchte gerade wieder ins Reich der Träume zu gelangen, als mir der Tag in den Sinn kam, an dem ich meine zwei menschlichen Freunde kennengelernt hatte. Allerdings war ich durch die Erfahrungen mit meinen ehemaligen "Pflege"-Eltern derart menschenscheu geworden, dass es ein Jahr dauerte, bis ich mich in das Haus meiner neuen Freunde traute. Das Sprichwort "Was lange währt, wird endlich gut!" kam mir in den Sinn, und ich wusste , dass es sich bei mir bewahrheitet hatte.

Was ich an meinen neuen Freunden am meisten schätzte, war ihre Großzügigkeit. Diese betraf nicht nur die Qualität und Menge des Futters, sondern auch meinem Verhalten gegenüber. Mir wurde gestattet den gesamten Morgen im schönsten Raum des Hauses, im Wintergarten, schlafend auf einem Sessel zu verbringen. Nur bei wichtigen Terminen musste ich hinaus ins Freie. An Tagen mit grässlichem Wetter so wie im April 2024 verbrachte ich einige Tage fast 20 Stunden bei ihnen.

Aber auch, was nächtliche Störungen anging, waren sie sehr tolerant und ließen mich trotz grausamer Nachtzeiten des Aufweckens zwischen drei und fünf Uhr ins Freie, wenn ich dies musste oder wollte.

Doch für all diese Freundlichkeiten wollte ich mich

selbstverständlicherweise auch erkenntlich zeigen. So zeigte ich Geduld, wenn ich gelegentlich warten musste, schmuste mehr mit ihnen als zu meiner Anfangszeit und vollführte einige Kunststückchen, die andere Katze nicht können oder nicht machen wollen.

Was mich aber stolz machte, war die Tatsache, dass diese Menschen auch versuchten etwas von mir zu lernen.

Jeder kennt den berühmten Satz von Ernest Hemingway: "Katzen erreichen mühelos, was uns Menschen versagt bliebt: durchs Leben zu gehen, ohne Lärm zu machen."

Ein Schiffskapitän beschenkte einst Ernest Hemingway mit einer weißen Katze namens „Snowwhite". Sie hatte polydaktylische Zehen, das heißt, sechs an der Zahl, meist Vorderzehen, was unter Seefahrern als Glücksbringer gilt. Außerdem sollen sie besonders seetauglich sein.

Snowwhite war eine fleißige Kätzin und ihre Nachfahren, 54 an der Zahl, leben noch heute im berühmten Hemingway House, welches zu 80 Prozent aus der Originaleinrichtung von Hemingway besteht. Er verfügte ebenso, dass die Katzen täglich gefüttert werden und sich im ganzen Haus aufhalten dürfen. Im Krankheitsfall einer Katze muss ein Tierarzt kommen und wird vom Vermögensverwalter bezahlt.

Meine Freundin Sue ist, obwohl sie ein Mensch ist, den Katzen sehr ähnlich. Sie beherrscht die Kunstfertigkeit des leisen Anschleichens. Fast könnte man denken, sie sei eine Indianerin.

Des weiteren lernte sie meine Körpersprache zu deuten und bekam nach und nach alle meine Verstecke im großen Garten heraus. Was mich am meisten wunderte, war, dass sie entdeckten, über welche Intelligenz und welchen großen Willen Katzen verfügen, denn gemeinhin werden Tieren diese Fähigkeiten abgesprochen.

Es kam so weit, dass meine Abenteuer schließlich in Buchform veröffentlicht wurden, und es würde mich wahrlich nicht wundern, wenn ich mich irgendwann in einem Film wiedererkennen würde!

Der Playboy

Das Wort Playboy kommt aus dem Englischen, wird aber fast auf der ganzen Welt verstanden. Es hat die Bedeutung von Frauenheld, Hallodri, Ladykiller, Schlawiner, Schwerenöter, Witwentröster, Herzensbrecher, Schürzenjäger und noch einige mehr. Schon die Anzahl der verschiedenen Ausdrücke lässt uns die Vielfalt dieser Spezies und ihre Verbreitung ahnen!

Bei Frauen löst dieser Männertyp unterschiedliche Gefühle aus, die je nach dem Naturell der Frau mehr zu einer positiven oder negativen Einschätzung desjenigen führen, der entweder ein Playboy ist oder sich dafür hält. Hedonistische, sportliche und emotionale Frauen, die risikobereit sind, lieben diese unterhaltsamen „Paradiesvögel", die aber niemals in einem Käfig gehalten werden können, noch einer Person alleine gehören. Es gibt auf der Welt kein einziges Umerziehungslager für diesen "Flattervogel", der, sollte er wirklich einmal einer solchen Situation nicht entfliehen können, sich lieber seines Lebens entledigt!
Auch im Tierreich sind diese Männertypen zahlreich vertreten: der einsame Wolf, der wilde Rammler, der geile Schafsbock, der heißblütige Hengst und der verspielte Playboykater.

Playboy, wörtlich übersetzt, heißt spielender Junge, und bedeutet, dass ein Knabe gerne etwas wagt und gewinnt.
Den Spieltrieb gibt es nicht nur bei Menschen, sondern

er ist auch im Tierreich weit verbreitet. Heute gehöre ich auch zu dieser Spezies.

Doch in meiner Jugend, die hart und grausam war, konnte ich mich diesen Abenteuern nicht widmen.

Doch jetzt liebe ich Fang- und Versteckspiele.

Ich renne zum Beispiel in rasantem Tempo durch den Garten und verstecke mich hinter einem großen Baum.

Ein Wettrennen mit Sue erhöht den Reiz.

Manchmal schleiche ich mich heimlich an und erschrecke sie. Oft macht sie das Gleiche mit mir, und ich bin schon vor Schreck den höchsten Baum hochgeklettert.

Das Resümee meiner Beobachtungen ist, dass mich einfache Partnerspiele mehr beeindrucken als technischer Firlefanz!

Das Wichtigste aller Spiele, will ich nicht vergessen zu erwähnen, denn es ist die Liebe und das Umwerben einer Kätzin.

Doch ganz Gentleman spreche ich darüber nicht.

Der Gentlecat" genießt und schweigt!

Charakterköpfe

Ich lag in meinem Lieblingssessel im Wintergarten und dachte über mein Leben nach.

Sechs Jahre war ich nun schon bei meinen Freunden Sue und Sam. Durch die lange Zeit waren diverse Wünsche, Vorstellungen und Eigenschaften von Menschen und Tieren dem anderen Wesen nicht verborgen geblieben. Zu ihren menschlichen Wertvorstellungen gehört Ordnung und Pünktlichkeit. Die letztgenannte Tugend, welche auch als "Höflichkeit der Könige" von ihnen betitelt wird, bewies ich dadurch bedingt, dass Katzen die Zeit nur schätzen und nicht von einem Nobelwecker am Handgelenk ablesen können, recht gut. Doch die jahreszeitlich bedingten dunklen und helleren Tage, welche durch einen anderen Winkel der Sonne zur Erde ausgelöst werden und längeres Tageslicht bescheren, beflügelten Mensch und Tier zu längeren Ausflügen und späteren Schlafenszeiten.

Was den Punkt "Ordnung"angeht wurde ich stets gelobt, denn es war mir gelungen im Wintergarten, dem "Paradies der tausend Pflanzen", nicht einen einzigen Topf umzuwerfen oder zu beschädigen. Wie ein Magier schlängelte ich mich durch den "Irrgarten", ohne eine Spur des Schreckens zu hinterlassen. Diese Fähigkeit besitzen nur Katzen!

Ausgeprägt war aber auch mein Wille.

Wenn ich mir vorgenommen hatte im Garten des Katzenmörders auf Mäusejagd zu gehen, konnte man mich nicht davon abbringen. Das gelang weder mit guten Worten noch dem Wegtragen in die entgegengesetzte Richtung des Gartens. Des öfteren griff ich auch zu einer List und spazierte über einen Umweg über die Pferdeweide dahin, wo ich wollte.

Meine Wünsche wusste ich so vorzubringen, dass sie verstanden und erfüllt wurden. Hatte ich Hunger, lief ich in die Küche und stellte mich vor den Vorrat mit Katzenfutter. Wollte ich ins Freie, wartete ich vor der Wintergartentüre und miaute.

Wollte ich spielen, warf ich mich auf den Rücken oder wartete im Freien bei den Lampen, bis Sue mit dem Spielzeug erschien. Das größte Amüsement hatte ich mit einer Vogelfeder, welche an einer Schnur befestigt war, die ich mit meinen scharfen Krallen packte und nicht mehr losließ.

Einfache Fragen beantwortete ich mit einem kurzen "Miau", das sich wie "ja" anhörte.

Eines Tages liefen Sue und ich gemeinsam durch den Garten bis zur Grundstücksgrenze. Dort befand sich eine Kompostierungsanlage, welche die Höhe von einem Meter hatte. Diese Einrichtung nutzte ich um bequem in den Nachbargarten zu springen.

Ich stand schon oben und drehte noch mal meinen Kopf zu Sue. Sie bückte sich hinunter zum Beet und pflückte ein Blatt einer Pflanze. Sie zeigte es mir, es war ein vierblättriges Kleeblatt. Sie steckte es in mein Halsband und wünschte mit für meinen heutigen Ausflug viel Glück. Ich glaubte zuerst nicht daran, aber nachdem ich an diesem Tag ein Dutzend Mäuse fing, bin ich ein eingefleischter abergläubischer Kater!

Der Wonnemonat

Zwölf Monate hat das Jahr!
Einer davon soll der Schönste sein, nämlich der Wonnemonat Mai. Wenn die Sonne scheint, freuen sich
Mensch und Tier, denn in diesem Monat erblühen die
schönsten Blüten und die Bäume treiben kleine grüne
Blätter nach der langen Winterruhe. Laue Lüfte lassen
den Sommer erahnen, und es entstehen Frühlingsge-
fühle!
Doch nicht jeder Tag im Mai war schön. Am 17. Mai
2024 tobte ein heftiger und kalter Westwind mit Stark-
regen von morgens bis abends über dem Land und
überschwemmte Städte, Dörfer und Landschaften.
Ich hatte mich nach meinem Frühmorgenspaziergang
bis zum Carport durchgekämpft und wartete dort im
Trockenen geduldig darauf in den Wintergarten eingelassen zu werden. Mit patschnassem Fell und dreckigen Pfoten wurde ich zunächst einer Säuberung unter-
zogen und danach trocken frottiert, was ich mir heute
gerne gefallen ließ. Nun ließ ich mich unter dem massiven Eichentisch im Wohnzimmer nieder und schlief 12
Stunden, die ich mit kleinen Pausen unterbrach um
mich tröstenden Naschereien zu widmen. Sehr vorsichtig schlich ich um die Pfütze, welche den Türbereich
des Wintergartens bedeckte, da der Wind fast quer
kam. Eine Putzlappenblockade brachte Abhilfe!
Nach dem lukullischen Trostpflaster schaute ich in den
Garten, ob der Regen irgendwann aufhören würde.
Doch dieser trommelte gegen die Scheibe, so dass ich
schnellstens den Rückzug ins warme Wohnzimmer

antrat. Mit mürrischer Miene, in der auch viel Verzweiflung lag, nahm ich meinen Schlafplatz wieder ein. Das war für mich der längste Tag des Jahres!

Nachtplätze

Wir Katzen schlafen täglich 16 bis 18 Stunden. Bei sehr jungen und alten Katzen kommen auch einmal 20 Stunden zusammen. Ich bevorzuge in den warmen Monaten einen Platz im Schatten, da ich ein Langhaarfell habe. In den Wintermonaten ist eine Zimmertemperatur von 15 Grad für die Pflanzen ausreichend. Das ist im übrigen „die" Temperatur, die den Menschen in der Coronazeit für die Wohnung von Minister Hauk empfohlen wurde.

Einer meiner ersten Lieblingsplätze war einer der vier Sessel im Wintergarten, welche um einen runden Tisch stehen. Nach dem Motto von „Kevin alleine zu Haus" probierte ich alle Sessel aus. Das gefiel Sue nicht. Denn meine langen Haare waren nicht willkommen, und ich wurde auf meinen eigenen Stuhl zurückgeschickt.

Als der Sommer kam, inzwischen hatten wir den 21.05.2024, wurde mir das Polster zu warm, und ich verkroch mich unter Frauchens Lieblingssessel, wo ich allerdings mit den Fußbodenplatten vorlieb nehmen musste.

Im kommenden Winter folgte ich ihnen zu später Stunde ins Schlafzimmer, welches sich im ersten Obergeschoss befindet. Doch ich verbrachte die Nacht nicht in ihrem Bett, sondern im gegenüberliegenden Büro, wo ich auf den Schreibtischstuhl sprang.

Dieser Stuhl stand vor einem Bücherregal. Bevor ich mich zum Träumen einrollte, betrachtete ich stets die Titel der Bücher. Man hätte denken können, ich suche mir ein Gute-Nacht-Buch aus.

Danach folgte eine längere Zeit, in der ich die Nacht in einem türkisblauen Katzentransportkorb verbrachte, welcher für Tierarztbesuche angeschafft worden war. Obwohl der Arzt bei einem meiner Besuche sagte, dass es für die meisten Katzenbesitzer äußerst schwierig ist ihre Lieblinge in den Korb zu bekommen, bin ich in ihn total vernarrt. Als Sue ihn gestern Abend auf den Balkon brachte, weil der Tag schön und mild gewesen war, machte ich etwas völlig Unerwartetes. Sue hatte den Korb noch in der Hand schwebend über den Balkonplatten. Ich sah meinen Korb und voller Begeisterung sprang ich hinein. Damit hatte Sue nicht gerechnet, und sie erschrak sehr. Fasst wäre ich mitsamt des Korbs auf dem Boden gelandet. Doch ich erkannte die Situation und sprang schnellstens wieder hinaus.

Sue kam wieder ins Gleichgewicht und stellte den Korb sanft auf den Boden. Vorsichtig ging ich wieder hinein und schlief bis vier Uhr in der Frühe. Zu dieser unchristlichen Stunde schubste ich die Balkontüre auf und verkündete mit ausgeschlafener lauter Stimme, dass ich zu einem Morgenspaziergang bereit wäre, und bitte nach unten begleitet werden will, damit ich das Haus verlassen kann.

Eine wahre Begebenheit

Ende Mai wollten Sue und Sam morgens einen Spaziergang machen, doch Petrus hatte kein Einsehen und schickte einen Regenguss. Deshalb disponierten die beiden um und erledigten zunächst ihren Wocheneinkauf und verschoben den Spaziergang auf den Nachmittag.

Diese Entscheidung war mir recht, denn sonst hätte ich eventuell auch hinaus ins Freie in den Regen müssen.

Unter den Menschen gibt es begeisterte Einkäufer, die freiwillig jeden Tag irgendwelche Geschäfte besuchen. Zu diesen gehören Sue und Sam nicht, denn sie wissen mit ihrer Zeit etwas Besseres anzufangen. Ein Wocheneinkauf pro Woche genügt ihnen, doch das sind eine Menge Waren, welche mit dem Datum versehen und großteils im Kühlschrank eingelagert werden müssen. Da sind sie eine Weile beschäftigt. Danach richten sie das Mittagessen. Da es immer Gemüse oder frische Salate gibt, deren Soßen jeden Tag handgemacht werden und meist Fleisch und Beilagen zubereitet werden, sind sie dafür auch eine gewisse Zeit beschäftigt, aber die investieren sie gerne, da die Speisen gesund zubereitet wurden.

Nach ihrem und meinem Mittagessen sind wir gestärkt und wollen uns sportlich betätigen. Kurz hintereinander verlasse ich und etwas später Sue und Sam das Haus.

Zum Einbruch der Dunkelheit kommen wir zurück.

Wenn ich der erste bin, warte ich bei Regen im Carport, damit ich nicht nass werde. Ist das Wetter schön warte ich in der Nähe der Garage, denn ich kenne ihre Fahrzeuge und höre schon von weitem, wer kommt. Vor kurzem gesellte sich eine Nachbarin aus der Straße zu Ihnen und berichtete, dass sie mich in der letzten Zeit öfters gesehen hätte und plauderte alle meine Geheimnisse aus.

Sie sagte: "Euer schwarzer Kater ist neuerdings viel in der Nachbarschaft unterwegs. Er dreht über vier bis sechs Gärten eine Runde und besucht besonders gern die neuen Mieter neben unserem Haus, welche eine Bengalkatze haben. Manchmal wartet er auch eine halbe Stunde, ob sie ihrer Familie nicht entwischen kann.

Denn üblicherweise wird sie im Haus gehalten. Aber ich habe gehört, dass sie auch schon ein paar mal durch eine offene Tür entwischt ist. Vielleicht haben die beiden ein kleines Techtelmechtel!

Sehr interessiert hörten Sue und Sam zu, und ich befürchtete, dass sie mich danach, sobald das Gespräch mit der Nachbarin beendet war, im Haus verhören würden. Doch nichts in dieser Art geschah, und ich freute mich, dass sie so diskret waren. Aber die geschwätzige Nachbarin besuche ich nicht mehr.

Das Gewohnheitstier

Ich sei das beste Beispiel für ein "Gewohnheitstier", sagen Sue und Sam. Denn ich habe für die meisten Unternehmungen feste Regeln und Zeiten.
Beginnen wir am wirklich frühen Morgen, denn mein Nachtschlaf endet meist zwischen vier und fünf Uhr in der Frühe. Ich komme von meinem jeweiligen Lieblingsschlafplatz vom Büro ins Erdgeschoss, vom Wohnzimmer oder vom kälteren Wintergarten ins erste Obergeschoss, wo sich Sues und Sams Schlafzimmer befindet, hoch und weckte sie, damit sie mich zu der Wintergartentüre begleiten. Meine Runde dauert meist bis auf wenige Ausnahmen bis acht Uhr. Dann stehe ich vor der Türe. Wenn ich eingelassen wurde, rufe ich laut jammernd nach Futter. Danach ist wieder Ruhen angesagt bis gegen 13 oder 14 Uhr, je nach Wetterlage. Bei Regen wird die Schlafenszeit ausgedehnt. Danach folgt ein ausgiebiger Spaziergang sowie Kontrolle der Mäuselöcher. Oft schaue ich bei Sonnenschein ein paar Mal am Mittag vorbei oder lege mich in Sues und Sams Nähe im Garten auf den Boden oder ins Gras und halte ein kleines Schläfchen ab.
Meine beiden Freunde sind oft den ganzen Mittag und teilweise auch am Abend mit dem Auto weg, denn sie haben einen sehr großen Freundes- und Bekanntenkreis. Dann muss ich mich in Geduld üben.
Durch meine Inspirationen haben Sue und Sam weiter über den Begriff „Gewohnheitstier" recherchiert und sind tatsächlich über einige Begriffsdefinitionen zu einem besseren Verständnis dieses Begriffs gelangt.

Das Abendessen erfolgt zwischen 18 Uhr und 20 Uhr. Dann spielen Sue und Sam oder sie schauen fern. Ich schlafe ein wenig oder verlasse kurz noch einmal das Haus.

So wiederholt sich der eine Tag wie der andere, und ich könnte auch als Murmeltier grüßen.

Wobei der Alltag bei manchen Menschen vielleicht auch nicht interessanter abläuft...

So besagt ein Sprichwort, dass der Mensch ein Gewohnheitstier ist.

Das bedeutet, dass viele unserer alltäglichen Handlungen, die durch Wiederholungen entstanden sind, so automatisiert wurden, dass sie kaum noch ein Nachdenken erfordern.

Das Schema einer Gewohnheitsschleife ist:

Auslösereiz - typische Handlung - Belohnung!

"Giwonaheit" ist althochdeutsch und bedeutet so viel wie Gewohnheit oder Brauch.

Nach etwa 66 Tagen ist eine Handlung, welche man regelmäßig ausführt, Gewohnheit, und man empfindet die Handlung als normal und problemlos.

Eine Angewohnheit ist dagegen ein Verhaltensmuster, das man angenommen hat wie zum Beispiel am Morgen eine Tasse Kaffee oder Tee zu trinken. Schließlich können Gewohnheiten Routinen werden, welche bewusst gestaltete Abläufe sind, welche Struktur und Effizienz in den Alltag bringen. Natürlich gibt es auch dazu eine Regel, nämlich die 21-Tage-Regel, welche besagt, dass der Mensch 21 Tage benötigt, um sich an eine neue Tätigkeit zu gewöhnen. Nach weiteren 90 Tagen ist die Vorgehensweise im Unterbewusstsein verankert und wird somit zur Routine.

Aber es gibt auch einen weiteren Beweis, dass auch Tiere dazu neigen, Gewohnheitstiere zu werden.

Konrad Lorenz hat aus Beobachtungen seiner Gans Martina herausgefunden, dass bestimmte, auch neben-sächliche Verhaltensweisen, die in einer bedrohlich empfundenen Situationen zufällig ausgeführt werden, zur Gewohnheit werden.

Damit steigt die Wahrscheinlichkeit des Überlebens in ähnlichen Situationen.

Jeanni und Houdini

Vor kurzem wurde ich von Sue gebürstet. Es gefällt mir sehr gut, wenn meine losen langen Haare von einer Bürste entfernt werden, und ich sie nicht schlucken muss. Außerdem gibt es Stellen am Körper, an welche ich mit meiner Zunge nicht hinkomme. Eine solche Stelle ist mein Hals, weshalb ich ihn stets zum Himmel strecke, damit Sue diese bearbeitet. Sam beobachtete dieses Szene und lachte amüsiert. Er sagte: "Das gäbe ein schönes Bild für das Familienalbum mit der Unterschrift "Jeanni und ihr geliebter Houdini!
Schon öfters haben mich Sue und Sam mit diesem Namen geneckt, da ich mich so schnell unsichtbar machen kann wie der berühmte Zauberer.
Wenn sie eine Sekunde in eine andere Richtung schauen, bin ich schon hinter einem Busch oder Baum verschwunden. Manchmal genügt es auch nur ein paar Meter weiter vor die Hecke zu laufen und ihnen mein Hinterteil zuzudrehen, denn wenn man nichts von meinem weißen Halsfell sieht, erkennen sie mich nicht. Zwischenzeitlich ist Sue im Auskundschaften meiner Verstecke um einiges besser geworden. Sie hat schon einige meiner Lieblingsplätze unter der großen Eibe, unter einem Lorbeerbusch und im Rosenbeet unter einer gelb blühenden, sehr gut duftenden Rose gefunden.
Vor kurzem habe ich einen alten Lieblingsplatz wieder entdeckt.
Sue und Sam hatten mich am Abend mit auf den Balkon genommen, da sie es lieben, den Sonnenunter-

gang zu betrachten. Nachdem die Sahne verschwunden war, wurde es deutlich kühler und Sue brachte mir den Transportkorb für den Tierarzt auf den Balkon. Ich erinnerte mich, dass ich als Jüngling des öfteren in diesem Korb geschlafen hatte.

Ich beschnupperte ihn, kroch hinein und erinnerte mich an die vielen schönen Träume, die in diesem „Bett" gehabt hatte. Dadurch wurde ich sehr müde und schlief ein. Als die beiden zu Bett gingen, ließen sie mich auf dem Balkon weiterschlafen und lehnten die Balkontüre an, dass ich ins Schlafzimmer kommen, und sie wecken konnte, wenn mich ein dringendes Bedürfnis übermannte.

Als ich nachts um drei Uhr plötzlich aufwachte, war ich sehr erstaunt, wo ich war.

Doch ich hatte in der frischen, aber milden Luft so gut geschlafen, dass ich nicht den Schlaf meiner Freunde stören wollte. Ich schlich wieder in meinen Katzenkorb, hatte erneut die schönsten Träume und weckte Sue und Sam erst um sieben Uhr am Morgen, als die Sonne begann aufzugehen. Das dankten sie mir mit einem bombastischen Frühstück!

Der Magier

Meistens komme ich nach meinem „Sehrfrühmorgen-
spaziergang" zwischen fünf und sechs Uhr und zwischen acht und neun Uhr zurück. Ich werde mit einem
leckeren Frühstück belohnt und ganz wichtig: Sofort!
Das Frühstück von Sue und Sam muss warten!
Wenn ich nach diesem Genuss noch Hunger habe,
schleiche ich zum Wohnzimmer und hole Sue für einen
Nachschlag ab.
Am 18.08.2024 wartete ich vor der Wohnzimmertüre,
die angelehnt war und lauschte ihrem Gespräch unfrei-
willigerweise, da mir die Türe nicht sofort geöffnet wurde. Sam sagte zu Sue: „Unser Houdini" ist ein richtige
Teufelsbraten und Magier, wie schnell er sich im Garten in Luft auflösen und wie ein kleines Tier so viel Essen wegzaubern kann. Ein Mysterium ist für mich auch
seine laute Stimme. Wenn wir abends etwas später
nach Hause kommen, höre ich ihn laut klagen, obwohl
wir noch drei Autolängen von der Garage entfernt
sind."
„Ja", bestätigte Sue, „Marsello ist ein Glücksgriff, denn
er hat in unserem Haus nie etwas versehentlich umge-
worfen oder mutwillig zerstört, sondern er gibt richtig
acht. Nur beim Spielen hat er mich, als er noch sehr
jung war, versehentlich verletzt. Das passiert ihm heute nicht mehr. Aber das Allerschönste ist, wie er, wenn
er von seinem Morgenspaziergang zurückkommt, los-
rennt, wenn ich die Wintergartentüre öffne und ihn
rufe.."

„Ein wahres Wunder!" erwiderte Sam. „Er rennt so weit und schnell, dass sein kleines Herz wummert.
Kein Hund könnte mit ihm mithalten!"
Nachdem ich die Lobeshymne auf mich gehört hatte, freute ich mich riesig und wollte mich bedanken. Deshalb stand ich auf meine Hinterpfoten und drückte die angelehnte Wohnzimmertüre auf.
Sue strahlte vor Freude und fügte hinzu: „Und so stark wie ein russischer Bär ist er auch noch!"

Red Adair

Eines Abends saßen Sue, Sam und ich gemütlich im Wintergarten und freuten uns an der angenehmen Wärme, denn heute hatte einige Stunden die Sonne geschienen und der Wintergarten war noch aufgeheizt. Durch den Wetterumschwung am 11.09.2024 gab es nachts nur noch einstellige Temperaturen. Mir verging so langsam die Lust wie im Hochsommer die ganze Nacht um die Häuser zu streifen und nach hübschen Kätzinnen Ausschau zu halten.

Doch in meinem linken Augenwinkel sah ich die Gestalt eines Artgenossen. Als ich ihn fokussierte, erkannte ich den rothaarigen Zahnarztkater, der nur etwa 300 Meter entfernt wohnt.

Sein Herrchen betreibt eine gut gehende Zahnarztpraxis im Westen von Karlsruhe, und es ist bereits sein zweiter Kater. Er ist mir sehr sympathisch und etwa in meinem Alter.

Sein Vorgänger hatte auch ein rotes Fell, wurde aber sehr krank und musste eingeschläfert werden.

Der neue Kater des Zahnarztes heißt „Red Adair" und ist wie der berühmte Feuerwehrmann aus Texas sehr mutig und draufgängerisch. Ich vernahm seine Schreie und wollte ihn unbedingt sehen.

Ich lief zu den Scheiben Richtung Osten und sah, wie er vorbeilief. Schnellen Schrittes ging er in nördlicher Richtung am Haus vorbei. Ich tat es ihm gleich und rannte ins Wohnzimmer und anschließend in den Flur. Gleichzeitig kam Sue aus der Küche. Sie hatte eine Salatschüssel in der Hand und wollte diese ins Wohnzimmer stellen, da es gleich das Abendessen gab. Da wir beide sehr schnell unterwegs waren, kollidierten wir. Die Schüssel fiel zu Boden und der Salat samt Soße ergoss sich über mein Fell. Wir erschraken beide so sehr, dass wir Schreie ausstießen, die den Hausherrn alarmierten. Er kam die Treppe heruntergeeilt und fragte: „Was ist denn hier los?"

Ich konnte nicht antworten, da mir die Salatsoße ins Maul tropfte und Sue rieb ihren Knöchel, den sie sich beim Sturz anscheinend verstaucht hatte. Schließlich befreite uns Sam von den Salatblättern und die beiden putzen den Boden. Da sie sicherlich böse auf mich waren, da ich durch meine Rennerei den Sturz verursacht hatte, getraute ich mich nicht um Ausgang zu bitten, sondern schlich zurück in den Wintergarten, wo ich auf den Fliesen sitzen blieb, um nicht auch noch den Sessel zu beschmutzen. Ich reinigte mehrere Stunden mein Fell mit meiner Zunge, obwohl mir die Salatsoße überhaupt nicht schmeckte.

Hätte Sue den Salat mit Baldriankräutern gewürzt, hätte die Sache anders ausgesehen, denn Baldrian ist für uns Katzen wie Tabak für Menschen!

Lärm

Mit dem Monatsbeginn des Dezembers war es kälter geworden, und es regnete viel.
Konsequenterweise war ich mehr zu Hause und räkelte mich im warmen Wohnzimmer auf dem schwarz-bunten Designerteppich, auf dem meine weißen Fellhaare so genial zur Geltung kommen. Da ich manchmal nur ruhte und nicht schlief, konnte ich mich wunderbar philosophischen Betrachtungen des Lebens hingeben.
Ich kam zu dem Schluss, dass ich mit meinem Leben inzwischen sehr zufrieden sein konnte.
Seit ich im Hause von Sue und Sam eingezogen war, musste ich weder frieren noch hungern. Nur eines störte mich an diesem Monat sehr, es war die sich stets wiederholende Weihnachtsmusik des Radios, der immer dudelte, wenn die beiden das Essen zubereiteten.
Die Musik war mir zu laut, und sie wiederholte sich mit ihrem rührseligen Gesang andauernd.
Einmal hatte ich einen Ausflug gemacht, der mich in Richtung Messplatz führte. Dort war ein Weihnachtsmarkt aufgebaut, in dem sich unglaublich viele Menschen getroffen hatten.
Es war ein Durcheinander von Musik und Gerüchen. Jeder Stand bot etwas anderes an. Von süß bis sauer, von herb bis bitter waren 1000 Gerüche vermischt.
Ich wunderte mich sehr, dass die Menschen dieses Durcheinander aushalten konnten. Doch noch schlimmer war ihr lautes Geschrei und ihr Gesang!
Schnellstens lief ich wieder nach Hause und schwor mir, niemals wieder dorthin zu laufen.

Im Verlauf zu diesem höllischen Lärm herrschte in meinem Zuhause himmlische Ruhe!

Frühling im Winter

Oft gibt es eine ungewöhnliche Wettersituation im Winter, nämlich kurz vor oder an Weihnachten klettern die Temperaturen auf zweistellige Werte. So hatten wir morgens um sechs Uhr 13 Uhr Grad im Freien.
Ich war in den Abendstunden bei Sue und Sam gewesen und hatte ein vorzügliches Abendmahl bekommen und mich auch etwas ausgeruht. Doch um 22 Uhr ritt mich der Teufel, und ich bettelte darum noch einmal ins Freie entlassen zu werden.
Ich wusste von meinen Freunden, dass es ihnen genauso ging, und sie auch die milde Nacht im Freien erleben wollten. Bei uns Katzen ist die Kommunikation wesentlich einfacher als bei den Menschen, die Telefone oder Handys brauchen um sich Nachrichten zu übermitteln und dafür einen Großteil ihrer Lebenszeit vergeuden, weil sie Unwichtiges stundenlang tot reden. Wir konzentrieren uns nur auf den Partner, mit dem wir kommunizieren wollen und senden ihm unsere Gedanken, wie zum Beispiel gestern, am 19.12.2024, wo wir uns am Angelsee in Hagsfeld um 23 Uhr trafen.
Wir hatten eine lustige Nacht, und da die Fische im See durch die milden Temperaturen ebenfalls aufgewacht waren, genug Gelegenheit Fische zu fangen und uns an ihnen zu ergötzen. In den frühen Morgenstunden trennten wir uns und jeder ging zurück zu seiner Familie. Plötzlich begann ein ordentlicher Regen und einige von uns suchten Schutz unter Bäumen.
In der letzten Zeit war Sue meistens etwas früher aufgestanden, und ich versuchte ins Haus zu gelangen.

Tatsächlich öffnete sie die Eingangstüre und holte Früchte für das Frühstück herein. Doch ich war nicht schnell genug und schon war die Türe wieder zu. Also flitzte ich zum Carport, wo ich nicht nass werde und beobachtete das Haus. Zwischenzeitlich war sie in den Wintergarten gegangen und hatte dort Licht gemacht. Ich sah sie und hechtete die Treppe hoch.

Glücklicherweise wurde ich gleich eingelassen und frottiert. So war ich gleich wieder hergestellt und begleitete sie zu meinem Frühstück in die Küche. Danach ging ich zurück in den Wintergarten, wo ich mich auf meinen Sommerliegestuhl legte und gleich einschlief, da ich die Nacht zum Tage gemacht hatte.

Ein Weihnachtsgeschenk

Kurz vor Weihnachten war es an einigen Tagen recht warm, so dass ungewöhnlich viele Motorradfahrer auf den Straßen unterwegs waren.

Wenn die Sonne schien, sah man auch etliche Wanderer und andere Sportbegeisterte.

Ich hatte mir vor einigen Tagen angewöhnt Sue und Sams Haus noch kurz vor Mitternacht zu verlassen und die Gegend zu erkunden. Oft traf ich auch nette Freunde, und es wurde gefeiert, so dass ich nicht mehr zu Sue und Sam zurückkam. Das gefiel ihnen gar nicht, denn sie warteten auf mich und gingen erst später ins Bett.

Auch am Weihnachtsabend bettelte ich kurz vor Mitternacht noch einmal um Ausgang. Er wurde mir mit sauertöpfischem Gesicht gewährt. Ich lief zunächst einmal durch die Gärten der Nachbarschaft in die Richtung, wo die schöne Bengalkatze vor kurzem eingezogen war. Ich observierte das Haus, in dem noch Licht brannte. Die neuen Mieter waren noch beim Essen und Beata, die Kätzin, schlief auf einem Kissen des Sofas. Der Mann öffnete die Türe zum Garten um auf die Veranda zu gehen um dort eine Zigarette zu rauchen. Dabei vergaß er die Balkontüre wieder zu schließen. Ich hoffte, dass Beata aufwachen würde und mir meinen Wunsch, sie zu sehen, erfüllen würde. Ich konzentrierte meine Gedanken sehr stark auf sie und ein Wunder geschah, sie öffnete die Augen, und streckte und dehnte sich. Sie schaute sich um und sah, dass die Frau in der Küche war. Sogleich war sie auf ihren Pfoten und schlich zur Balkontüre hinaus. Ich rief sie zu mir, und wir verließen unentdeckt den Garten. Ich führte sie zum Angelsee und zeigte ihr dieses kleine Paradies. Wir blieben mehrere Stunden dort und verliebten uns ineinander. Als der Morgen graute, liefen wir gemeinsam zurück zu unserem Zuhause, aber nicht ohne uns zu versprechen, solche Ausflüge so oft als möglich zu wiederholen.

Dieser gemeinsame Ausflug war für mich das schönste Weihnachtsgeschenk meines Lebens.

Der Rhein

Der Rhein ist mit 1230 km Länge der zweitlängste Fluss Deutschlands und der längste Europas. Nach Wolga und Donau ist er sogar der wasserreichste Fluss Europas. Für viele Menschen und Tiere war und ist er Schicksal, Lebensunterhalt, Nahrungsquelle und Sehnsuchtstraum zugleich.

Seit dem Jahr 2000 tummeln sich wieder 63 oder mehr Fischarten im Rhein. Früher war Rheinfischer ein verbreiteter Beruf. Heute freuen sich Sportfischer am Fluss oder den vielen umliegenden Seen, welche sich durch Tullas Rheinkorrektur gebildet haben, an dem wiedergekehrten Fischreichtum. Viele am Rhein gelegene Lokalitäten bieten außer einem herrlichen Blick auf den breiten Fluss Speisen und Getränke,sowie die Möglichkeit nette und naturverbundene Menschen kennenzulernen.

So ist diese Idylle schon Stifter von Ehen gewesen. Doch es gibt auch Personen, die das Lokal nie betreten, sondern nur täglich lange Spaziergänge am Flussufer machen. Ein solcher Mann ist Herr Andechser. Zum ersten Mal führten Sue, Sam und ich vor wenigen Tagen ein recht langes Gespräch, denn die beiden hatten mich zum Rheinspaziergang mit meiner „Schutzweste samt Leine" mitgenommen. Wir erfuhren, dass Herr Andechser zwei sechsjährige Katzen hat: Moni und Maxi!

Diese zwei Katzen dürfen Tag und Nacht ihr Zuhause verlassen oder zurückkommen. So leben sie etwas anders als ich, der sich mit festen Zeiten des Kommens und Gehens angefreundet hat.

Ganz anders verläuft der Tagesablauf der Katzen bei Familie Andechser. Ihre Katzen kommen und gehen, ohne dass die Familie aufwacht. Häufig, aber nicht immer! So hatte die liebe Moni letzte Woche, ausgerechnet am Sonntag, eine Überraschung dabei. Sie schläft im Doppelbett des Ehepaars in der Mitte. Voller Elan sprang sie mit ihrem Geschenk, einer toten Maus, zwischen das Ehepaar. Sie war mit dieser Gabe im Maul die Katzenleiter hochgeklettert, ohne dass die Maus noch einen Mucks gemacht oder gar gezappelt hätte. Also legte Moni die tote Maus zwischen den beiden ab. Doch die Maus war nicht tot, sie hatte sich nur tot gestellt. Kaum war Moni eingeschlafen, wurde die Maus wieder munter und rannte um ihr Leben. „Nichts wie fort von der Katze!", dachte sie Über das Federbett und über den Busen der leicht schnarchenden Gattin, die aufgrund der kleinen trippelnden Füße der Maus so erschrak, dass sie einen gellenden Schrei ausstieß.

Innerhalb einer Zehntelsekunde saß ihr Göttergatte senkrecht im Bett und schrie: "Was ist los? Feuer oder Einbrecher?" Die Gattin, welche in Windeseile das Schlafzimmerlicht eingeschaltet hatte, sah gerade noch, wie die Maus unter dem Schlafzimmerschrank verschwand. Laut rief sie: "Schau schnell, da rennt sie!"

Die Ehefrau wäre gerne sofort auf die Mäusejagd gegangen, doch ihr Ehemann protestierte und hielt eine nächtliche Jagd für sinnlos.

Nachdem nun die Ursache des Schreies geklärt war, versuchten die beiden wieder einzuschlafen, was fast nicht gelang. Am nächsten Tag waren sie wie gerädert!

Herr Andechser verbrachte die meiste Zeit des Tages auf dem Boden des Schlafzimmers vor dem Kleiderschrank und versuchte die Maus zu fangen, was ihm aber erst am folgenden Tag gelang.

Moni und Maxi interessierte die Maus nicht mehr, sie warteten lieber im Freien auf neue Jagdszenen, die nicht im Niederbayerischen, sondern im Badischen stattfanden.

Ob sich Familie Andechser in den nächsten Tagen über verschlossene Balkontüren und feste Schlafzeiten für die zwei Katzen unterhalten hat, ist noch nicht bekannt geworden.

Doch höchstwahrscheinlich wird der Rhein das Geheimnis in den kommenden Tagen oder Wochen lüften!

Mein Lieblingsgast

Ich bin ein sehr sensibles Tier und liebe meine Ruhe. Was mich am meisten stört, sind laute Geräusche wie zum Beispiel das Telefon, die Klingel, Baulärm in der Nachbarschaft und Kindergeschrei.
Wenn Sue und Sam Gäste bekommen, müssen diese die Klingel betätigen, damit sie eingelassen werden. Um dieses Geräusch zu vermeiden, hat der liebe Sam aber auch schon die Eingangstüre geöffnet sowie die Haustüre angelehnt. Doch es ist schon vorgekommen, dass die Gäste trotzdem geklingelt haben, weil die Menschen auf diesen Lärmproduzenten dressiert sind.
An Weihnachten kamen einige Gäste vorbei, die Sue und Sam Geschenke brachten. Darüber bin ich aus dem bekannten Gründen nicht sehr begeistert, außerdem wollen mich die meisten streicheln und reißen mich deshalb aus dem Schlaf. Doch neulich hatten wir einen sehr lieben Besuch: die jungen Leute haben eine Wohnung von Sue und Sam gemietet und brachten eine äußerst gute Flasche Weißburgunder vorbei.
Das war schön für Sue und Sam. Der junge Mann hatte auch ein Geschenk für mich dabei. Sein Vater hat in der Nähe eine Firma, die Tierfutter herstellt, und er brachte mir von allen neuen Kreationen eine Probepackung mit. Gleich am Abend durfte ich die erste Packung testen.
Es war eine ganz neue Geschmacksmischung, und ich hatte so ein Futter noch nie gegessen. Es schmeckte so gut, dass ich noch einen Nachschlag verlangte und

schließlich war die ganze Packung leer. Gerne hätte ich auch die nächste probiert, doch Sue ließ sich nicht überreden. Sie sagte: "Die Weihnachtsfeiertage sind noch nicht vorbei. Du bekommst höchstens eine Packung pro Tag, sonst wirst du zu dick und bekommst Magenschmerzen.

Schließlich fügte ich mich meinem Schicksal, verlangte aber Ausgang, weil ich dachte, eine kleine Maus geht immer noch!

Dieser gern gesehene Gast kommt hoffentlich in Zukunft öfter!

Yellowstone, die gelbe Katze

Kurz vor Weihnachten kam ein Freund von Sue und Sam vorbei um uns zu besuchen. Er hatte ein großes Paket dabei, dass er uns zu Weihnachten schenken wollte.

Er sagte, dass wir das Paket erst am Weihnachtsabend öffnen sollen. Das bedeutete noch einige Tage warten, was die Neugier noch mehr anstachelte. Alle drei schlichen wir um das große Paket. Unser Freund Waldemar hatte gesagt, dass wir für das Paket einen sicheren Platz suchen sollten, denn der Gegenstand wäre aus Glas oder Porzellan. Sue und Sam stellten aufgrund des Gewichts und der Größe mehrere Vermutungen an wie zum Beispiel eine Blumenvase oder ein Gefäß für Weihnachtsplätzchen. Ich äußerte die Hoffnung, dass es auch ein neuer Katzenkorb sein könnte, doch dafür wurde ich von den beiden ausgelacht.

Endlich war der Weihnachtsabend da, und die beiden warteten nur noch darauf, dass ich von meinem Spaziergang zurückkehrte und ebenfalls an der Weihnachtsfeier teilnahm. Nach einer Schlemmermahlzeit für sich und mich, trugen sie das Paket ganz vorsichtig ins Wohnzimmer und stellten es auf den großen Eichenholztisch, wo sie es öffneten.

Heraus kam eine wunderschöne gelbe Katze mit auf dem Fell aufgemalten Herzen.

Sie war aus Kunstharz hergestellt, welches von einer Künstlerin von Hand bemalt worden war und stellte ein Unikat dar. Sue und Sam waren total erstaunt und sprachlos, wie hübsch die Katze war. Auch ich umrun-

dete sie mehrfach und roch an ihr, denn ich war ebenfalls bezaubert. Den ganzen Abend schlief ich neben
ihr, und sie ist meine liebste Freundin geworden, wobei
Beata, meiner Nachbarin, der Bengalkatze, mein Herz
gehört.

Weihnachtsfeiertage

Wir Katzen lieben die Feste der Menschen nicht so sehr, denn an allen Festtagen besuchen sie sich gegenseitig, und das bedeutet für uns Lärm beim Klingeln und anschließend Gelächter und Geplauder. Das stört uns beim Schlafen. Hinzu kommt, dass es um diese Zeit im Freien meistens recht kalt ist, es regnet oder gar schneit, sodass wir unsere Spaziergänge reduziert haben. Notgedrungen müssen wir uns deshalb arrangieren oder hinaus in die Kälte.

Die Weihnachtsfeiertage des Jahres 2024 waren bis jetzt erträglich gewesen, denn das hässliche Novemberwetter hatte sich zu einigen Sonnentagen gewendet.

Ich entfloh dem Lärm dadurch, dass ich in den Wintergarten schlich, in dem zwar nur eine Temperatur von 15 Grad herrschte, doch das genügte mir als echter Russe. Meine menschlichen Landsleute bringen es im tiefsten Winter sogar fertig in Seen und im Meer Löcher in das Eis zu schlagen und zu baden. Das habe ich noch nie versucht, denn die meisten Katzenrassen mögen kein Wasser. In den kalten Wintergarten wollte kein einziger der Besucher und so entkam ich dem Lärm und dem Streicheln. Ich entging den Zärtlichkeiten der Besucher.

Deshalb mein Wunsch an alle Menschen: "Weniger ist mehr, auch bei Zärtlichkeiten! Bitte stört uns auch nicht bei folgenden unserer Tätigkeiten: Schlafen, essen, Fellpflege, bei der Jagd, beim Ausgang und der

Heimkehr!"

Pläne für das Neue Jahr!

Das Jahr näherte sich seinem Ende und ein interessanter Termin stand noch im Kalender.
Am Hagsfelder Angelsee sollte noch im alten Jahr eine Versammlung für alle Katzen der umliegenden Orte stattfinden.
Sicherlich kamen drei Dutzend Katzen aus der Waldstadt, Hagsfeld, Rintheim und der Oststadt. Es ging darum einen Zentralrat der Felidae zu gründen, denn im vergangenen Frühjahr hatte es einige Aktionen zu Ungunsten der Katzen und ihrer Halter gegeben. In einigen Bundesländern war den Katzen der Ausgang in den Frühlingsmonaten verboten worden um die Jungvögel zu schützen. Das war Katzenfreunden und ihren Tieren bitter aufgestoßen. Außerdem gab es einige Tierärzte,welche diese Aktionen für übertrieben und den Nutzen für die Vögel für gering hielten. Sie sagten auch, dass jeder menschliche Eingriff ins Tierreich bedenklich ist, ob es sich um die Fütterung von Vögeln oder Wildtieren handelte oder um die Jagd von Wildschweinen, welche durch entsprechende Jagdgesetze erschwert worden war, so dass sich diese enorm vermehrt hatten und viel Schaden anrichteten. Einer Freigängerkatze den gewohnten Ausgang zu verbieten, war nichts anderes als Freiheitsberaubung. Aber um ihre Macht zu testen, hatten die Politiker bereits in der Coronazeit für die Menschen Ausgangssperren und andere Schikanen vorbereitet um zu testen, wie weit sie gehen konnten.
Um in der Politik und bei den Gesetzgebern ernst ge-

nommen und gehört zu werden, brauchten auch wir Katzen eine Art anwaltliche Vertretung, welche durch zwei für die Katzen vertrauensvolle Menschen durchgeführt werden sollte. Einstimmig hatten sie Sue und Sam um ihre Aufstellung gebeten. Sie waren einstimmig gewählt worden und nahmen diese auch an.

Die Katzen applaudierten lange und freuten sich auf das nächste Jahr, denn sie wussten, dass nun den Katzenhassern und der Dummheit der Kampf angesagt werden würde.

Zwischen den Jahren

Die Zeit zwischen Weihnachten und Silvester nennt man "zwischen den Jahren "und nach Weihnachten wünscht man sich einen "Guten Rutsch". Nach dem Jahresende um Mitternacht wünscht man sich dagegen ein "Gutes Neues Jahr"!
In diesem Zeitabschnitt liegen sehr viele Feiertage und die meisten Firmen haben deshalb geschlossen. So haben die Menschen Zeit um einzukaufen, besonders die Bummler, die immer noch keine Weihnachtsgeschenke hatten. Auch Verwandte und Freunde zu besuchen ist ein beliebter Zeitvertreib.
Auch bei uns waren öfters Gäste. die sich natürlich auch für mich interessierten.
Sue und Sam tischten ihnen Kaffee und Kuchen oder etwas Herzhaftes und Getränke auf. Einige wollten wissen, ob ich an den Festtagen auch etwas besonderes zu essen bekomme. Stets forderten mich Sue und Sam auf, ihnen meine Vorräte in der Küche zu zeigen. Vor dem Kühlschrank blieb ich kurz stehen, da ich weiß dass meine angebrochenen Leckereien gekühlt werden müssen.
Ansonsten gehe ich zu dem antiken Küchenschrank, neben dem meine Nassnahrung in vielfältiger Auswahl aufgehoben wird. Ich bevorzuge Fischgerichte wie Lachs, Thunfisch, Weißfisch, Kabeljau und Forelle, esse aber auch gelegentlich alle Fleisch- und Geflügelgerichte.
Der Besuch staunt dann jedes Mal, wie viele Vorräte ich habe, doch Sue erschreckt sie noch mehr, indem

sie preisgibt, dass im Keller noch drei riesige Großpackungen mit Katzenfutter lagern. Sie erklärt, dass sie, Sam und ich ein weiteres Jahr von dem Futter leben könnten, wenn eine Hungersnot ausbricht. Sue ist der Meinung, dass Katzenfutter eine bessere Zusammensetzung und Überwachung hat als Nahrung für Menschen. Es wird also auf keinen Fall etwas verderben oder weggeschmissen. Dafür sorge ich jetzt im Winter sehr intensiv, denn die Minusgrade kann man nur mit einem gefüllten Bäuchlein aushalten.

Ein Traum von meiner Mutter

Kürzlich träumte ich von meiner Mutter, die mich sehr lieb hatte und ich sie. In meiner Jugend wurde ich von ihr beschützt, und sie lernte mir alle Fähigkeiten, die ein kleiner Kater braucht um ein großer Kater zu werden. Meine größte Freude hatte ich am Jagen, wenngleich ich mich als Katzenkind manchmal so ungeschickt anstellte, dass meine Mutter Tränen in den Augen hatte. Ich wusste nicht, ob sie meine Ungeschicktheit beweinte oder darüber lachte. Aber, wie immer im Leben, wenn man sich nur lange genug um eine Kunst oder Fertigkeit bemüht, gelingt es mir schließlich immer besser.

Durch das tägliche und stundenlange Training wurde ich sportlich und voll durchtrainiert. Meine Muskeln wurden stahlhart und meine Krallen lang und kräftig. Baumbesteigungen und danach die Abstiege funktionierten immer besser.

So gelang es mir auch in manches Vogelhäuschen hineinzuschauen, was die Vögel zwar ängstigte, aber ich tat ihnen nichts, da die Vogelhäuser gegen Eindringlinge gesichert waren.

Schließlich war ich in der Lage, mich in der Natur alleine ernähren zu können.

Meine Mutter sagte: "Mein lieber Sohn, jetzt bist du in der Lage, dich, und, sollte das Glück dir hold sein, deine zukünftigen Liebsten und eure gemeinsamen Kinder, selbst ernähren zu können. Du kannst deine alte Mutter verlassen und ein eigenes Leben beginnen.

Mit Tränen in den Augen ging ich von ihr und wollte sie

aber immer wieder besuchen. Doch das gelang mir nicht, denn entweder war sie in eine andere Gegend gezogen oder gestorben.

Doch als ich einmal am Rand einer Wiese spazieren ging, kam ein Mann daher, der mich packte und in einen Sack warf. Nun war ich mehr als eine Stunde im Dunklen eingesperrt und wusste nicht, was passieren würde. Ich hatte sehr große Angst.

Schließlich landete ich in einem großen Haus auf einem Tisch und der Sack wurde geöffnet. Ein Tierarzt begutachtete mich und der Mann, der mich zu ihm gebracht hatte, ging davon.

Ich bekam einige Spritzen und wurde operiert. Anschließend gab es einige Tage, an die ich mich nicht mehr erinnern kann, da ich wohl durch die Medikamente betäubt war. Schließlich landete ich in einem Freigehege, in dem Dutzende von Leidensgenossen herumsprangen. Langsam konnte ich mich mit ihnen anfreunden. Zwei Katzenmädchen hatten die gleiche Fellfarbe wie ich, nur dass sie ein Kurzhaarfell hatten, mit ihnen verstand ich mich am besten. Wir verbrachten die meiste Zeit gemeinsam und eine Betreuerin des Tierheims sagte zu den Besuchern, die sich ein Tier aussuchen und mit nach Hause nehmen wollten, dass wir Drei Geschwister seien. Sie wollte, dass wir zusammen bleiben können.

Eines Tages kam tatsächlich ein Ehepaar, das meine zwei Freundinnen mitnehmen wollte. Die liebe Tierpflegerin sagte: "Meine drei Lieblinge sollten zusammen bleiben. Sie haben schon viel Schlimmes erlebt und sich gegenseitig geholfen. Ich möchte nicht, dass sie

getrennt werden."Schließlich erbarmte sich der Mann, und er sagte: "Ich werde mich um den Kater kümmern und meine Frau sich um die zwei Kätzinnen." So kamen wir in ein neues Zuhause , das sich jedoch später auch als problematisch herausstellte.
Näheres steht in dem Buch: „Marsello: Mein Leben."

Der Jahreswechsel 2024/25

Schon am frühen Morgen der Silvestertages hörte man laute Knallkörper und Silvesterraketen krachend und heulend zum Himmel fliegen. Ich erinnerte mich an diesen Feiertag von den vergangenen Jahren, als die Leute ebenfalls das Jahresende feierten. Die Bedeutung dieses Tages habe ich aber noch nicht verstanden. Wollten die Menschen mit diesem Lärm Teufel und böse Geister vertreiben oder freuten sie sich darüber, dass ein schlechtes Jahr mit vielen Problemen durch miese Politiker vorüber war, und hofften auf neue Chancen durch intelligenteres Staatspersonal? Vielleicht waren die vielen lärmenden Lichter Opfergaben an die Götter, die sie erzürnt hatten?
Auf jeden Fall erinnerte ich mich daran, dass Sue und Sam mich am Abend nicht mehr in den Garten spazieren ließen, da sie vermuteten, dass ich Angstzustände bekommen könnte. Also schaute ich ihnen zunächst beim Essen, dem obligatorischen Käsefondue, und später dem Spielemarathon zu , bis kurz vor 24 Uhr Sekt und Sektgläser ins Wohnzimmer getragen wurden um zum Jahreswechsel miteinander anstoßen zu können und sich zu küssen.
Ich wünschte mir so sehr, dass ich Beata sehen und ihr auch zum neuen Jahr gratulieren könnte. Vielleicht würden meine Freunde einem kleinen Mitternachtsspaziergang mit ihr zustimmen, da weniger passiert, wenn man zu zweit unterwegs ist. Ich drückte mir selbst die Daumen und wünschte, wünschte und wünschte. Wir waren immer noch im Wintergarten, und ich schaute

des öfteren zur Türe. Plötzlich sah ich, dass sich eine kleine Gestalt näherte. Als sie oben saß, erkannte ich Beata. Sie hatte es tatsächlich geschafft zu entwischen und war gleich zu mir geeilt. Sue und Sam öffneten ihr sofort die Türe, und sie bekam etwas Leckeres zum Essen. Danach erlaubten sie uns sogar einen Spaziergang.

Da noch immer in Häusernähe fanatische Freaks Knallkörper abschossen, spazierten wir heute nicht zum Angelsee, sondern gingen ostwärts zu einem kleinen Wald, der neben einem großen Einkaufscenter liegt.

Das Wäldchen ist sehr morastig und ein Verlassen der befestigten Wege nicht empfehlenswert. Wir liefen nur eine kleine Runde und wollten gerade die Straße überqueren, als ein Auto angefahren kam und uns blendete. Wir warteten geduldig am Straßenrand bis sich das Fahrzeug wieder entfernt hatte. Doch Beata hatte auf den Boden geschaut und etwas glitzern gesehen. Es war ein goldenes Herz an einer dünnen Kette. Sie machte mich darauf aufmerksam und half mir die Kette um den Hals zu legen. Dann sagte sie: „Diese Herzkette schenkst du Sue. Sie ist immer so nett zu uns und verwöhnt uns mit allerlei Leckereien. Was meinst du, wie sie sich über dieses Geschenk freut. Meinst du, dass Sue und Sam noch auf sind?" „Mit Sicherheit!" antwortete ich, „letztes Jahr habe sie auch bis zwei Uhr gefeiert!" Beata meinte: „Dann lass uns schnell zurückgehen!"

Nach zehn Minuten sahen wir schon von weitem das Licht im Wintergarten und rannten vor die Türe. Tatsächlich hatte uns Sue auch gesehen und öffnete die

Türe. Sie sah den geschmückten Marsello und fragte: „Wer hat euch denn beschenkt?"

Derweil hatte Beata mir schon geholfen die Kette über den Kopf zu stülpen. Ich packte sie mit den Zähnen und legte sie vor Sues Füße. Sue verstand die Geste sofort und freute sich riesig. Sie rief Sam, der gerade in der Küche war, zu sich und zeigte ihm mein Geschenk. Er war baff vor Erstaunen und sagte zu Sue: „Jetzt hast du schon zwei Verehrer!"

Wir bekamen noch eine kleine Belohnung und anschließend gingen wir vier ins erste Obergeschoss. Heute durfte Beata mit mir im Büro schlafen. Ich auf Sues Bürostuhl und Beata auf dem von Sam.

Wir schliefen bis sehr Uhr. Dann weckte ich Sam, dass er uns ins Freie ließ. Während Beata nach Hause ging, fing ich schon meine erste Maus.

So schnell können Wünsche in Erfüllung gehen! Nun wusste ich, dass das neue Jahr, das für die Chinesen am 29. Januar beginnt, und ein Lunar-oder Mondjahr ist, das im Zeichen der Schlange steht, ein glückliches Jahr werden wird!

Der Neujahrsspaziergang

Der erste Tag des neuen Jahres begann mit Sonnenschein. Obwohl ich durch den Krach von verspäteten Feuerwerkskörpern nachts mehrmals aufgewacht war, fühlte ich mich am nächsten Morgen ausgeschlafen. Wir saßen zu dritt im Wohnzimmer und Sue und Sam genossen ihr Frühstück. Ich lag auf dem Designerteppich und döste ein wenig vor mich hin. Als ich zur Wintergartentüre schaute, war ich plötzlich hellwach, denn meine Freundin Beata stand vor der Türe. Ich freute mich riesig und rannte wie der Blitz zu der Verbindungstür. Sue sah die Hektik und Aufgeregtheit von mir, danach sah sie auch Beata und sogleich öffnete sie alle Türen, dass ich sie begrüßen konnte. Sie hatte es erneut geschafft ihren Freunden zu entwischen und ihr erster Weg im neuen Jahr führte sie zu mir und meinen Freunden.

Wie glücklich ich mich fühlte, war unbeschreiblich! Nachdem Beata noch einen Happen zum Frühstück bekam, durften wir das Haus verlassen und einen Ausflug machen.

Unser Weg führte uns zum Hagsfelder Angelsee, denn es war ausgemacht, sich dort am ersten Tag des neuen Jahres zu treffen. Es waren schon vier Freunde da, aber eine Kätzin rannte mir aufgeregt entgegen. Sie rief mir zu: "Bitte komm schnell und hilf mir! Mein Kind ist in den See gefallen!"

Wir rannten so schnell wir konnten zum See. Ich sah sogleich die Stelle, wo der Kleine im Wasser zappelte. Am Ufer war ein Baum entwurzelt, der teilweise im See gelandet war. Beata und ich kletterten den Stamm entlang, bis wir nahe genug bei dem Katzenkind waren. Der Stamm war rutschig und die Äste klein und wenig tragfähig, so dass Beata etwas zurückbleiben musste, mich am Schwanz festhielt, und ich dem Kleinen meine Pfoten reichen konnte. Schließlich gelang es mir ihn auf den Baum zu ziehen, und wir zogen uns vorsichtig und langsam zurück. Der Kleine zitterte vor Kälte und Aufregung wie Espenlaub. Seine Mutter kam zu ihm und trocknete mit ihrer Zunge sein nasses Fell. Danach wärmte sie ihn mit ihrem Körper.

Nach einer Viertelstunde war der Kleine wieder fit und seine Mutter bedankte sich innigst bei uns.

Bald kamen noch mehr Vertreter unserer Rasse. Nachdem sie alles über unsere Rettung des Kleinen gehört hatten, feierten sie Beata und mich als Helden des Tages. Unser Vorsitzender gratulierte Beata und mir mit den Worten: "Den beiden Rettern gebührt die höchste Auszeichnung, denn sie haben gleich am ersten Tag eines neuen Jahres eine mutige Tat ausgeführt! Deshalb wird das diesjährige Jahr ein glückliches Jahr für euch werden!"

Der Dreikönigstag

Der Dreikönigstag, der 6 Januar, markiert das Ende der Weihnachtszeit. Üblicherweise wird an diesem Tag der Christbaum abgeschmückt und entsorgt.
Bereits 1535 wurden in Straßburg an Weihnachten Buchsbäume, kleine Eiben und Stechpalmen für Weihnachten verkauft. Dies war eine Tradition der Protestanten und die katholische Kirche lehnte dieses Brauchtum ab. Der Tannenbaum ist keine Erfindung Luthers, aber Luther hat die Weihnachtsbräuche geliebt. Nach einer Legende wuchs aus einer umgestürzten Eiche eine Tanne. Sie wurde zum Symbol für Christus, denn ihre dreieckige Form wurde als Symbol für die Dreifaltigkeit und das neue Leben Christi gedeutet.
Diese Bedeutung des Dreikönigstags hatte mir Sue berichtet. Aus diesem Grund hatte ich mich entschlossen, ihr beim Abschmücken des Baums zu helfen. Während sie in der Küche das Mittagessen vorbereitete, stieg ich langsam den Tannenbaum hoch und versuchte die Weihnachtskugeln abzuhängen und sanft nach unten zu tragen. Doch das war viel, viel schwieriger, als ich es mir vorgestellt hatte. Eine Kugel nach der anderen rutschte mir aus den Pfoten und zerbrach auf dem Plattenboden.
Die edle Christbaumspitze, der Höhepunkt jedes Weihnachtsbaumes, wollte ich wenigstens retten und kletterte ganz nach oben.
Doch wiederum war mir das Glück nicht hold, denn aufgrund meines Gewichtes, das in der Weihnachtszeit zugenommen hatte, kippte der ganze Baum um. Das

gab einen riesigen Krach, den Sue in der Küche hörte. Sie kam angerannt und schlug die Hände über dem Kopf zusammen. Dann schimpfte sie mich ordentlich aus, denn sie dachte, ich hätte dies mit Absicht gemacht. Nun war sie mir den ganzen Tag böse, dabei hatte ich es doch nur gut gemeint!

Die Krone der Schöpfung

In den Wintermonaten verbringe ich doppelt so viel Zeit im Haus als im Sommer. Ich liege auf dem hübschen Designerteppich, der schwarz ist und bunte Streifen hat. Sue lässt mich dort schlafen, obwohl sie täglich den Teppich saugen muss, da mein weißer Latz immer wieder Haare auf dem schwarzen Teil des Teppichs verteilt.

Die Menschen denken, dass ich nun fast 20 Stunden schlafen würde, weil ich so selten freiwillig in die Kälte gehe. Doch ich schlafe nicht immer, sondern oft philosophiere ich auch über das Leben und habe meine Augen dabei geschlossen.

Ich sehe, wie die Menschen umher hetzen. Besonders vor der Weihnachtszeit eilen sie in die völlig verstopften Städte und besuchen Geschäfte und Kaufhäuser um ihr mühsam erworbenes Geld für unnützes Zeug, sprich Geschenke, loszuwerden. In der Hektik und Enge der Großstadt müssen die Geschenke zum Auto oder der Straßenbahn geschleppt werden. Die Autofahrer holen ihre Nobelkarossen aus den Tiefgaragen und müssen dafür ordentliche Parkgebühren berappen. Wer sein Auto im Anliegerparken oder sonstigen verbotenen Stellen geparkt hat, findet ein "Knöllchen" vor, das den Einkauf nochmals verteuert.

Auch der Tagesablauf der Menschen bringt mich zum Nachdenken. In aller Frühe, jetzt im Winter ist es morgens noch dunkel, machen sie sich zurecht und gehen ihren Berufen nach.

Wenn sie nach getaner Arbeit am Abend wieder nach Hause kommen, ist es schon wieder dunkel. Aber als Belohnung gibt es einige Reisen im Jahr und Geschenke an sich selbst, die anscheinend den eigenen Status vor Freunden und Fremden erhöhen.

Wir Katzen haben einen anderen Stundenplan: schlafen bis zum frühen Morgen, Frühstück, Morgenspaziergang und Mäusefang, Mittagessen und Mittagsschläfchen, Ausgang und Treffen mit Freundinnen und Freunden, Abendessen und gemütliches Miteinander mit meinen Menschen bei Spiel oder Fernsehen , nochmals kurzer Ausgang für das Geschäftliche. So kann ich die ganze Nacht durchhalten, und ein ähnlicher Tagesablauf beginnt erneut.

Wir haben uns nicht versklaven lassen, wie es die Menschen miteinander tun, als auch mit allen Tieren, welche sich dem Menschen untergeordnet haben.
Seien es die Rinder oder Pferde, welche in früheren Jahrhunderten für ein karges Futter Schwerstarbeit auf den Feldern leisten mussten, oder auch die Hunde, die "besten Freunde des Menschen", die nach der Hundeschule so Dummheiten machen müssen wie Männchen machen oder apportieren.

Wir sind die einzigen Wesen unter der Sonne, die ihr Leben selbst bestimmen, falls sie nicht als ein sogenannter "Stubentiger" eingesperrt werden.

"Wer lebt nun besser, die "Krone der Schöpfung", oder

die Kinder der Bastet, der Katzengöttin?"

Der Eid des Hippokrates

Vor kurzem musste ich mit Sue und Sam zum Tierarzt, da meine Mandeln geschwollen waren. Sue hatte dies beim Streicheln gespürt, und außerdem hatte ich des öfteren leidvoll gemaunzt. Während wir im Wartezimmer saßen, überlegte ich mir, ob Ärzte bessere oder intelligentere Menschen sind als die übrigen. Auch den beiden gefiel die Warterei nicht, und sie schauten diverse Fragen in ihren Handys nach. Der Ort inspizierte Sue zu der gleichen Frage die mir durch den Kopf gegangen war. Ich dachte mir, dass dies wieder einmal ein typisches Beispiel für Gedankenübertragung ist.

Sue las mir den Text über den Eid des Hippokrates und weitere Entdeckungen vor: Es ist ein Ehrenkodex, an den sich die Ärzte halten sollen.
Er lautet: "Die Gesundheit und das Wohlergehen meiner Patientin oder meines Patienten werden mein oberstes Anliegen sein. Ich werde die Autonomie und die Würde meiner Patientin oder meines Patienten respektieren. Ich werde den höchsten Respekt vor menschlichem Leben wahren."
Erstaunlicherweise ist dieser Eid in Deutschland nicht verpflichtend! Aber in vielen anderen Ländern wird dieser Eid geschworen, oder er wurde durch einen ähnlichen Kodex ersetzt wie zum Beispiel in der Schweiz, wo das Genfer Gelöbnis verpflichtend geleistet werden muss.
Der Äskulabstab ist ebenfalls ein Symbol für Medizin und Heilkunde.

Ich überlegte mir, ob die Schlange am Äskulabstab in Deutschland eine andere Schlange ist als in anderen Ländern? Ist sie eventuell gefährlich oder falsch? Jeder kennt den Ausdruck "falsche Schlange "und weiß, dass damit ein Mensch gemeint ist, der hinterhältig ist. Alle Menschen besitzen ein Verlangen nach Materiellem, man kann auch Gewinnsucht dazu sagen, wenn dieser Trieb äußerst stark ausgebildet ist.

Woher kann ich wissen, ob die Art der Behandlung richtig ist oder nur der Arzt sein Vermögen vergrößern möchte?

Plötzlich hatte ich erkannt, warum meine Freunde zunächst alle anderen Methoden ausprobieren, bevor sie einen Spezialisten aufsuchen. Am liebsten wäre ich ohne Arztbesuch wieder nach Hause gegangen, doch genau in dem Moment wurden wir zum Arzt gerufen. Meine Ängste legten sich gleich, nachdem mich der Arzt sanft auf den Behandlungstisch gesetzt hatte und liebevoll und beruhigend mit mir sprach. Ich bekam eine Spritze und durfte wieder nach Hause gehen."Glück gehabt!", dachte ich, "meine Freunde wissen, wer Ehre im Leib hat!"

Verschwunden

Noch einige Tage nach Silvester sah und hörte man Raketen lärmend zum Himmel sausen. Ich erschrak jedes Mal.

Sue und Sam gingen oft noch in den Wintergarten und schauten, wer sie abfeuerte und sein Geld in Rauch verwandelte.

Als die beiden wieder ins Wohnzimmer kamen, war ich weg. Sie waren sehr erschrocken und suchten mich im ganzen Haus. Sie schauten unter alle Tische und sogar im Schlafzimmer unter das Bett, das in jungen Jahren mein Rückzugsgebiet war. Doch sie fanden mich nicht!

Schließlich sah Sue, dass in der Küche das Fenster einen Spalt offen stand um den Essensgeruch zu vertreiben.

Sie sagte zu Sam: "Es wäre möglich, dass unser Kater durch den Spalt ins Freie entwischt ist. Wir müssen den Garten und die Straße absuchen. Flugs zogen sie ihre Mäntel an und machten sich auf den Weg.

An der Kreuzung zur Hauptstraße hatten Leute immer noch Silvesterraketen abgefeuert und dazu leere Flaschen und Pflastersteine aufgebaut, aber nicht mehr mit nach Hause genommen. Da eine Straßenlampe ausgefallen war, sah Sue die Gegenstände nicht und stolperte darüber. Nun fluchte sie, denn der linke Knöchel war verstaucht. Sie drehten um und liefen vorsichtig wieder nach Hause, wo sie den Fuß mit einem kalten Tuch kühlte.

Sie waren enttäuscht, dass sie mich nicht gefunden hatten.

Sie machten sich immer mehr Sorgen.

Resigniert ließ sich Sue im Wohnzimmer auf das Ledersofa fallen. Das spürte ich deutlich, da ich hinter einem Kissen verborgen friedlich geträumt hatte. Ich maunzte ganz laut und Sue sprang wie ein Springteufel vom Sofa. Nach dem ersten Schreck war sie aber absolut froh mich wiedergefunden zu haben.

Sie streichelte mich innigst und betastete meine Pfoten um zu sehen, ob sie mir weh gemacht hatte. Doch glücklicherweise war nichts passiert und mein Maunzen geschah nur, weil mich das plötzliche Gewicht so erschreckt hatte.

Das Festessen

Heute Morgen stand Sue stundenlang in der Küche und bereitete etwas Besonderes vor, denn Sam hatte Geburtstag.

Die Vorspeise war eine Butterschwämmlesuppe nach dem Rezept ihrer Urgroßmutter.

Ein Klößchen war etwas unrund, deshalb schmeckte sie dieses ab und gab mir auch ein Stückchen zu versuchen. "Das ist aber lecker!", dachte ich und wünschte mir auch so eine Suppe zu meinem Geburtstag.

Der Hauptgang bestand aus leckerem Lachsfilet mit einer Currymangosauce und Basmatireis.

Als alles angebraten war, ließ sie den Fisch auf der heißen Platte stehen, damit er nicht abkühlt, und deckte das Geschirr auf dem Wohnzimmertisch ein.

Sie suchte die schönsten Servietten im Wohnzimmerschrank heraus und faltete sie zu einem Fisch. Sie verzierte den Tisch noch mit kleinen Glückskäfern.

Ich war die ganze Zeit alleine in der Küche und überlegte mir, wie der Lachs wohl schmecken könnte. Da ich die Suppe hatte probieren dürfen, hatte sie sicherlich nichts dagegen, wenn ich mir auch ein kleines Stück Lachs holte und ebenfalls testete. Also sprang ich auf die Küchenplatte und näherte mich der Pfanne. Genau in dem Moment, indem ich ein Stück abbeißen wollte, kam Sue wieder in die Küche, und ich erschrak so sehr, dass ich mit dem gesamten Lachs im Maul auf den Boden sprang. Jetzt mussten meine armen Ohren sehr leiden, denn Sue schimpfte bitter, dass ich ihre Geburtstagsüberraschung zerstört hätte. Jetzt kam auch noch Sam in die Küche und wunderte sich sehr, wie viele Flüche Sue kannte.

Doch als hätte ein Wind die schlechte Stimmung weggeblasen, lachten die beiden aus vollem Herzen, nahmen mir den Fisch aus dem Maul, schnitten das Stück vorne ab, gaben mir es zurück, wuschen den Fisch unter heißem Wasser ab und brieten ihn nochmals in der Pfanne.

Gourmets unter sich

Am Hagsfelder Angelsee trifft sich unsere Katzenclique in regelmäßigen Abständen. Hier werden Freundschaften geschlossen, Feindschaften ausgefochten und Beschlüsse gefasst. Hier scherzt und schimpft man und hinterher wird auch noch die Umgebung ausgekundschaftet.
Bei einer meiner Sightseeing Touren entdeckte ich Sam und Sue an einem Tisch im Freien eines kleinen italienischen Lokals. Ich ging zu ihnen und begrüßte sie. Sie waren sehr erstaunt mich in dem kleinen Nachbarort zu finden.
Der Chef des Lokals kam zu ihnen an den Tisch und erkundigte sich, ob das Essen geschmeckt hätte. Dabei bemerkte er mich. Er begrüßte mich und kraulte mich. Anschließend ging er in die Küche und holte mir ein kleines Schälchen mit Fisch. Das freute mich sehr, und ich aß den Fisch mit großem Vergnügen.
Danach besuchte ich ihn des öfteren und bekam jedes Mal eine kleine Delikatesse. Auch meine Freunde traf ich des öfteren dort, denn der Chef des Hauses kochte wirklich gut.
Sue und Sam waren jedes Mal erstaunt, wie oft ich vorbei kam. Wenn ich einmal abends sehr spät erst nach Hause kam, dann scherzten sie mit mir und sagten: "Jetzt kommt er bestimmt wieder von seinem Lieblingsitaliener und hat sich dort verwöhnen lassen! Wir brauchen ihn heute nicht zu füttern!"
Diese Bemerkung wurde von mir aber nicht mit Wohlwollen quittiert.

Chaos an Gleis 13

Oft kommen Freunde und Bekannte zu Sue und Sam. Sie trinken zusammen Kaffee, manchmal mit Kuchen, oder ein kleines gemeinsames Frühstück steht an, oder sie besprechen die neuesten gemeinsamen Projekte. Waldemar bringt meist seine neunjährige Tochter Adelia mit, die mich sehr mag. Sie streichelt mich gerne und hat mir auch schon öfters Leckerlis mitgebracht. Was mir nicht so sehr gefällt, ist, wenn sie mich mitten aus den schönsten Träumen reißt, weil ich dann erschrecke. Ihr größerer Bruder hat eine große Eisenbahnanlage im Keller stehen, die er seit Jahren aus- und umbaut.

Vor kurzem wurden Sue und Sam von Waldemar eingeladen, um die Eisenbahnanlage anzuschauen. Ich durfte mitkommen, da mich Adelia vermisste. Nach einem Glas Sekt gingen wir in den Keller um das Wunderwerk zu betrachten. Die Anlage war riesig groß und vier Züge konnten gleichzeitig auf den Schienen fahren. Ein Zug hatte sogar einen großen Tunnel, durch den er fahren konnte. Der Tunnel war teilweise versteckt unter einem Berg. Ich durfte auf der Tischplatte am äußersten Rand in der Nähe des Tunnels sitzen und beobachtete die Züge sehr interessiert. Besonders spannend fand ich den Zeitpunkt, als der Zug wieder den Tunnel verließ. Der Zug sah ein wenig aus wie eine kleine schwarze Maus, und es reizte mich ihn zu fangen.

Gedacht, getan!

Ich fegte den Zug mit meiner Pfote aus der Eisenbahnanlage heraus auf den Fußboden.

Jetzt war das Geschrei des Gleisbauers und seiner Schwester groß und ihre Zuneigung zu mir erlosch wie der Docht einer Kerze, wenn er ins Wasser getaucht wird.

Ich befürchte, dass ich nicht mehr eingeladen werde, obwohl dem Zug überhaupt nichts passiert war. Er war noch völlig intakt!

Huch, wo bin ich?

Einmal im Jahr gehen Sue und Sam mit mir zum Tierarzt, damit er meinen Gesundheitszustand überprüft,
oder auch ein kleines Wehwehchen, wenn nötig, behandelt wird.
Im Jahr 2025 hatte ich nach einer nächtlichen Rauferei
eine kleine Wunde am Nasenloch. Dies war der Anlass
für einen Termin.
Als wir zu dritt nach Hagsfeld fuhren, wo die Praxis des
netten Arztes ist, streikte plötzlich das Auto. Es blieb
einfach stehen und der Motor sprang nicht mehr an.
Am Benzin konnte es nicht liegen, denn Sam hatte am
frühen Morgen getankt.
Da die beiden noch nicht weit von zu Hause weg waren, entschlossen sie sich zu Fuß nach Hause zu laufen
und ein anderes Auto zu holen, um mich zum Arzt zu
fahren und sich nach diesem Termin um das streikende
Fahrzeug zu kümmern. Da es an diesem Tag sehr son-
nig und recht warm war, stellten sie mich mitsamt des
Katzenkorbs in den Grünstreifen, damit ich weder ersti-
cken noch kollabieren sollte.
Weil ihre Abwesenheit länger dauerte, als ich vermutet
hatte, schlief ich ein. Ich wachte erst wieder auf, als
ich im Dunkeln saß und mein Katzenkäfig von rechts
nach links rutschte. Ich musste wohl im Kofferraum eines Fahrzeugs sein. Ich bekam Angst, denn meine beiden Freunde würden mich weder in den Kofferraum
sperren, noch hatten sie einen solchen Fahrstil.
Nach gefühlt einer halben Stunde hörte ich quietschen-
de Bremsen und der Kofferraum wurde geöffnet. Der

Katzenkorb wurde mit meiner Wenigkeit darin in ein Haus getragen, indem ich viele Stimmen hörte, die durcheinander schrien. Schließlich fand ich heraus, dass die einen Stimmen Katzen waren, und die anderen Geräusche kamen von Hunden.

"Wo war ich nur gelandet und warum? "

Schließlich wurde ich von einem mir unbekannten Tierarzt untersucht und bekam danach als Entschädigung etwas zu essen und zu trinken.

Währenddessen waren Sue und Sam zum Streikwagen zurückgekommen und suchten den Katzenkorb mit mir. Sie klingelten an allen Häusern der Straße und fragten, ob jemand mich gesehen hätte oder wüsste, wo der Katzenkorb hingekommen wäre. Schließlich konnte ich in einem geschlossenen Katzenkorb nicht davonlaufen. Glücklicherweise wurden sie beim letzten Haus der Straße fündig, denn die Bewohnerin hatte gerade noch gesehen, dass ein Mann den Katzenkorb in seinen Kofferraum stellte und davon fuhr. Sie glaubte, dass es der Nachbar von Haus Nummer acht gewesen war und hatte sogar seine Handynummer auf ihrem Gerät. Sofort rief sie ihn an und fragte nach der Katze im Katzenkorb. Sogleich gab er zu, dass er sich um die Katze gekümmert hatte, weil er davon ausgegangen war, dass die Katze ausgesetzt worden war. Er berichtete, dass er sie samt Korb beim Katzenheim in Daxlanden abgegeben habe. Er war aber schon auf der Rückfahrt und so mussten meine Freunde mit dem Zweitfahrzeug selbst zum Tierheim fahren um mich dort wieder abzuholen.

Den heutigen Tierarzttermin cancelten sie bis auf weiteres!

Die fromme Katze

Während meiner täglichen Spaziergänge versuche ich täglich etwas Neues zu erkunden. So führte mich mein Weg zu meinem alten Zuhause, in dem meine zwei "Schwestern" heute noch wohnen. Gelegentlich besuchen sie auch mich in meiner neuen Residenz.

Die jüngere Schwester heißt Lola, und sie ist ein raffiniertes Biest!

Sie fragte mich, ob ich Lust auf ein kleines Buffet hätte. Selbstverständlich antwortete ich mit "ja"! "Dann werde ich dir etwas Tolles zeigen", sagte sie, "komm mit!"

In der Nähe ihrer Hauses befindet sich die evangelische Kirche. Dahin spazierte sie mit mir, und wir versteckten uns hinter dem Tannenbaum vor den Eingangstüren. Lola erklärte: "Jetzt müssen wir sehr aufpassen. Sobald ein Kirchgänger die Türe öffnet, rasen wir in die Kirche hinein und verstecken uns gleich hinter dem Becken mit Weihwasser, damit möglichst niemand mitbekommt, dass wir in der Kirche sind. Ich bin nämlich mit der Frau des Pfarrers befreundet, und sie versteckt mir an diesem Platz immer einige Leckereien. Hier sind sie unsichtbar für die Kirchgänger, und sie gefrieren nicht, wie es jetzt im Freien bei Minustemperaturen wäre. "

Ich lief immer hinter Lola her und tatsächlich lag in diesem Versteck das reinste Weihnachtsbuffet. Wir taten uns daran gütlich bis wir fast Bauchweh hatten. Anschließend verließen wir die Kirche genauso wie wir hinein gekommen waren, nämlich im Schatten eines

Kirchenbesuchers.

Doch mit einem merkwürdigen Zufall hätte ich nie gerechnet, denn genau in dem Moment, als wir die Kirche verließen, liefen Sue und Sam vorbei und sahen uns Zwei. Sue analysierte sogleich die Situation mit folgenden Worten: "Sam, schau dir bitte mal unseren Schwerenöter an, entweder hat er in der Kirche die hübsche Katzenlady geheiratet oder am Abendmahl teilgenommen!"

Wie nah sie doch wieder einmal an die Wahrheit herangekommen war, die Hellseherin!

Feueralarm

Kurz nach Silvester traf ich mich mit Red Adair, dem Zahnarztkater, der mir etwas Dramatisches berichtete. Im nördlichen Nebenhaus wohnt ein älterer Hund, der äußerst gerne auf dem Fenstersims liegt und die Passanten sowie ihre Tiere, mit denen sie spazieren gehen, beobachtet. Am Silvesterabend sah er, dass weißer Rauch aus der Küche durch das geöffnete Fenster des gegenüberliegenden Hauses ins Freie austrat. Kurz darauf sah er, wie die Katze auf den Sims sprang und vom ersten Obergeschoss des Hauses in den Vorgarten sprang. Obwohl die Höhe beachtlich war, verletzte sie sich nicht. Da die Katze sich seinem Haus näherte, bellte er ganz laut, so dass sein Besitzer zu ihm kam um zu sehen, warum sich sein Hund so aufregte.
Da der Mann ebenfalls durch das Fenster schaute, sah er den Rauch und rief schnellstens die Feuerwehr.
Dann ging er zum Nachbarhaus und klingelte sehr lange um den Nachbarn zu alarmieren.
Zwischenzeitlich war die Feuerwehr eingetroffen und öffnete die Türe mit einem Rammbock. Sie fand den Nachbarn, einen älteren Mann, im Wohnzimmer vor dem laufenden Fernseher, und er war eingeschlafen. Auf dem Herd in der Küche stand ein Topf, dessen Inhalt völlig verkohlt war und brannte. In wenigen Minuten hätten die Vorhänge oder andere Küchenutensilien auch gebrannt.

Die Feuerwehrleute löschten den Brand und ließen den Mann mit einem Krankenwagen ins Krankenhaus fah-

ren. Eine Rauchvergiftung wäre möglich gewesen.
So haben dem älteren Herrn eine springende Katze,
ein bellender Hund, ein aufmerksamer Nachbar und
die Feuerwehr das Leben gerettet.

Der Katzensprung

Wir Katzen erobern einen Baum mit Katzensprüngen.
Das sind kleinere Sprünge. Daher kommt die Redewen-
dung, etwas sei nur einen Katzensprung entfernt und
bedeutet, dass das Ziel relativ nah ist. Der Begriff
"nah" ist natürlich auch dehnbar, denn es ist ein Unter-
schied, ob man eine langsame Schnecke oder eine
schnelle Katze ist.
Auch unter der Verwandtschaft gibt es unterschiedliche Leistungen an Schnelligkeit, denn die Rennleistung
einer Raubkatze unterscheidet sich vehement von der
Geschwindigkeit einer Hauskatze.

Hauskatzen können bis zu 48 Kilometer pro Stunde
laufen. Ihre Nahrung, die Mäuse, laufen dagegen nur
12 Kilometer pro Stunde. Auch ein Hund kann es mit
den Katzen nicht aufnehmen, denn seine Durch-
schnittsgeschwindigkeit ist 40 Kilometer pro Stunde.
Das ist genauso viel, wie der achtfache Olympiagold-
medaillengewinner, der schnellste Mensch der Welt,
Usain Bolt im Jahr 2009 erreicht hat. Er ist Weltrekord-
halter über 100, 200 und 4x100 Meter und   erreichte
bei einem seiner Spurts eine Geschwindigkeit von
44,72 Kilometer pro Stunde.

Anders sieht es bei der „wilden" Verwandtschaft, den
Raubkatzen, aus. Geparden gelten als die schnellsten
"Räuber", denn sie erreichen eine Geschwindigkeit von
110 km pro Stunde. Das ist möglich durch ihren spezi-
ellen Körperbau, nämlich einen kleinen Kopf und einen

schmalen, langgestreckten und leichten Körper mit langen Beinen. Mit ihrem Schwanz halten Sie beim Laufen die Balance. Bereits nach zwei Sekunden erreichen sie eine Geschwindigkeit von 60 Kilometer pro Stunde und in vier Sekunden sogar 100. Beim Sprint beträgt seine Schrittlänge 7 Meter.

Doch als das schnellste Tier der Welt gilt der Wanderfalke! Bei einem Sturzflug wurden 389 Kilometer pro Stunde am 22.12. 2020 gemessen.

Das zeigt den Menschen wie relativ ein Katzensprung sein kann, und dass seine Laufleistung im Gegensatz zu den Raubkatzen relativ bescheiden ist!

Der „längste" Tag des Jahres

Am 8. Januar 2025 hatten Sue und Sam einen Termin mit einem neuen Mieter. Doch mussten sie dazu ins Schwäbische fahren, zu einem Ort, der in etwa 500 Meter Höhe liegt. Dort regnete es nicht wie in Karlsruhe, sondern es schneite. Die beiden befürchteten, dass es Probleme beim Autofahren geben könnte, und nahmen feste Wanderstiefel mit, um notfalls das letzte stark ansteigende Straßenstück zu erwandern.
Da sie hinterher noch einen Termin bei der Steuerberaterin hatten, konnte ich nicht alleine im Haus bleiben, wie sie es bei kleineren Einkäufen oder Besorgungen machen. Dann liege ich nämlich meist im Wintergarten oder im Wohnzimmer auf meinen Lieblingsplätzen und träume von besserem Wetter, von hübschen Kätzinnen, wilden Mäusejagden und herrlichen Sommernächten.
Notgedrungen verließ ich gegen 11 Uhr das Haus, nachdem ich noch mit etwas Schinken getröstet worden war. Da es regnete, sauste ich sogleich zum Carport, der mir Regenschutz bot. In den wenigen Regenpausen ging ich spazieren, doch kurz darauf überfiel mich eine erneute Regenflut, so dass ich reumütig in den Carport zurückkehrte und mich dort auf den kleinen Stuhl mit dem Kissen setzte. Ich reckte den Hals und schaute in den Wintergarten, ob sie denn nicht endlich zurückgekommen wären.
Doch nichts geschah! Ich wechselte meine Position und sprang auf den Tisch, der etwas höher ist, um noch besser hineinblicken zu können. Zwischen diesen

beiden Positionen wechselte ich mehrere Stunden hin und her. Ich machte mir schreckliche Sorgen, ob meinen beiden Freunden etwas passiert wäre, und ob sie jemals wieder zurückkommen würden.

Endlich, gegen 17 Uhr, sah ich sie. Sue schloss schon die Türe des Wintergartens auf. Das ist ihre erste Tätigkeit, denn sie sucht gleich das ganze Gelände nach mir ab. Eilig sprang ich vom Stuhl und rannte die Treppe hoch.

Eine neue Katzenfutterkreation erwartete mich. Danach legte ich mich ganz nah neben die beiden, in der Hoffnung, dass sie merken würden, wie sehr sie mir gefehlt hatten. Im Sommer wäre das Warten nicht so schlimm gewesen, denn bei Sonnenschein kann ich der Jagd frönen und habe zahlreiche Abwechslungen auf den diversen Wiesen.

Aber so war dieser Winterregentag der „längste" Tag meines Lebens!

Die Gefühlswelt der Katzen

Das Schicksal und die Katzengöttin Bastet haben es mit uns Katzen gut gemeint, denn wir haben einige Sinne mehr oder besser ausgebildet. Unser Hör- und Sehsinn ist stärker.

Wir und andere nacht- und dämmerungsaktive Tiere haben hinter der Netzhaut eine Schicht, die einem Spiegel gleicht, das sogenannte tapetum lucidum, übersetzt leuchtender Teppich. Es reflektiert den Lichtstrahl, so dass er ein zweites Mal auf die Netzhaut fällt, ihn also doppelt nutzt. Deshalb leuchten unsere Katzenaugen im Dunklen.

Beim Laufen oder Rennen sind wir gleich oder schneller, außer bei Weltrekordhaltern. Weil unser Geruchssinn so gut entwickelt ist, gibt es einige Düfte, die wir nicht mögen: Paprika, Zimt, Essig Lavendel, Zitrusfrüchte, Weinraute, Zwiebeln, Naphthalin und schmutzige Katzentoiletten.

Wenn wir uns glücklich fühlen, zeigen wir das dadurch, dass wir schnurren, miauen oder durch unsere Schwanzbewegungen. Bei unserer Bezugsperson stellen wir den Schwanz senkrecht. Dazu gibt es noch den Milchtritt beziehungsweise das Treteln, das meist junge Katzen machen, wenn sie an der Zitze der Mutter saugen wollen.

Aber auch erwachsene Katzen treteln noch auf dem Schoß der Bezugsperson.

Das Miauen ist die Sprache für den Menschen, nicht für die Unterhaltung untereinander.

Doch wenn Kätzinnen rollig werden, hört man auch ein

lautes intensives Rufen, und sie rollen und schieben sich über den Boden.

Beim Fauchen legen wir die Ohren an und machen uns so klein wie möglich. Es ist eine Abwehr von Aggressionen.

Wenn wir unsere Menschen anmiauen, dann brauchen wir Hilfe, weil wir nicht alleine weiterkommen. Es bedeutet dann zum Beispiel: "Bitte öffne mir die Türe oder den Kühlschrank. Ich brauche Futter!"

Wenn unser Wunsch Wirklichkeit wird, sind wir glücklich und schnurren. Geschnurrt wird auch bei Krankheit oder Unwohlsein um sich besser zu fühlen.

Unglücklich sind wir über unsere Feinde, von denen es einige gibt: Marder, Uhu, Fuchs, Wildkatzen, Habicht, Steinadler, Luchs und Wolf. Aber auch Insekten sind für uns Katzen gefährlich: vor allem Bienen, Wespen, Hornissen, größere Käfer, Grashüpfer, Eichenprozessionsspinner, Ölkäfer und Stinkwanzen.

Meiden sollten wir Katzen auch stark salz- oder pfefferhaltige Lebensmittel sowie scharfe Gewürze wie Chili und Curry.

Tatzen weg von zu viel Thunfisch, denn es könnte Quecksilbervergiftungen geben. Auch rohe Eier sind gefährlich wegen einer Salmonellenvergiftung.

Doch dank unserer guten Nase, der perfekten Ohren und der sanften Füße schleichen wir lautlos, unbemerkt und glücklich durch unser Leben!

Der Anschlag

Nachdem es die ersten zwei Wochen des Januars stets windig und regnerisch war, wurde die zweite Hälfte schöner und sonniger, aber auch kälter. Wir hätten wie die Menschen Winterstiefel gebrauchen können! Doch wir waren wilde Kerle und Mädels und trafen uns trotzdem am Angelsee, wo wir uns aber stets im Windschatten aufhielten.

Doch als wir uns abends voneinander trennten, gingen Moritz und Maria noch gemeinsam zu einem Kinderspielplatz, in dem sich in großer Sandkasten befand. Der verführte dazu, dort das Geschäftliche zu erledigen. Neben dem Sandkasten stand eine große historische Straßenlaterne aus Gusseisen, verziert mit altertümlichen Ornamenten. Die Gaslaterne wurde im 19. Jahrhundert von einem Laternenwärter angezündet. Heute werden sie mit Strom versorgt, da sie restauriert und umgebaut wurden.

Dorthin striezelte Moritz und bekam plötzlich einen starken Stromschlag. Er klebte an dem Metallfuß der Lampe und wäre gestorben, hätte Maria nicht die göttliche Eingebung gehabt, Moritz mit Hilfe eines Holzstücks von der Lampe wegzuziehen. Durch das Holz war sie vor der Überspannung geschützt. Dann sprühten Funken um die beiden, und es gab einen Kurzschluss.

Moritz war wie gelähmt und brauchte einige Minuten, bevor er weiterlaufen konnte.

Ein Hundebesitzer mit einem gutmütigen Schäferhund kam ihnen entgegen, doch er wartete in gebührender

Entfernung, dass sich Moritz und Maria nicht noch mehr aufregen mussten. Er hatte alles beobachtet und war von Marias Reaktion beeindruckt. Erst als die beiden wieder fit waren und sich entfernten, lief er mit seinem Hund weiter. Er verständigte auch am nächsten Morgen die Stadtverwaltung und die Stadtwerke, die eine technische Überprüfung durchführen ließen um die Ursache zu klären.

Schließlich wurden 400 baugleiche Straßenlaternen vom Netz genommen. Sie werden erst nach einer Überprüfung wieder eingeschaltet. Die Menschen rechnen mit vier Wochen Nachtdunkelheit.

Wir Katzen und Hunde haben jedoch unsere eingebauten Nachtsichtgeräte und scheren uns nicht darum.

Ein Fall für die Freunde und Helfer

Fritz ist neu in dieser Straße. Er ist mit seinem menschlichen Freund Achim vor einer Woche umgezogen, denn dieser ist versetzt worden. Fritz ist ein großer Maine Coon Kater mit einem weißen Fell. Er ist sehr mitteilsam und weiß viel über den Breisgau und den Schwarzwald, denn Achim hat ihn jeden Tag mit dem Auto mitgenommen, wenn er geschäftlich unterwegs war. Fritz hat sich stets auf die hintere Hutablage gelegt und konnte so wunderbar die Landschaft und die Menschen beobachten.

Fritz hat mir auch eine seiner Sünden gebeichtet, und er ist sehr, sehr traurig, dass er umziehen musste, denn seine Lieblingskätzin Friederike hat ihm vier Kinder geschenkt, zwei Kater und zwei Kätzinnen. Sie sind auf dramatische Art und Weise zur Welt gekommen. Die Wohnung seiner Freundin wurde von der Polizei aufgebrochen, da der Verdacht des Drogenhandels im Raum stand.

Die arme Kätzin hatte gerade starke Wehen bekommen, als die Polizei die Wohnungseingangstüre aufbrach und einen Riesenradau verursachte. Wäre Friederike nicht in dieser Notlage gewesen, hätte sie sich in das hinderste Eck geflüchtet.

Doch zum Glück war der Polizist Achim dabei, der vor einigen Jahren selbst eine Kätzin hatte, die schon Kinder geboren hatte. Er ging zu Friederike und half ihr bei der Geburt. Zudem beruhigte und streichelte er die Mutter.

Als die Mieterin der Wohnung dazu kam, bekam sie einen großen Schreck. Doch der Polizist berichtete ihr, was vorgefallen war und beruhigte sie. Die anderen Polizisten hatten zwischenzeitlich die Wohnung durchsucht und festgestellt, dass der Verdacht falsch war. Der nette Polizist versprach so schnell wie möglich die Türe reparieren zu lassen und versprach ihr eine Entschädigung.

Gleichzeitig bot er ihr an, sie bei der Pflege der Katzenkinder zu unterstützen.

Die Frau nahm das Angebot dankend an und so kam es, dass sich die beiden öfter sahen und miteinander ausgingen.

Schließlich sind sie ein Paar geworden und in den nächsten vier Wochen wird die Freundin des Polizisten, Friederike und die vier kleinen Katzen bei dem Polizisten einziehen.

Dann kann Fritz seine geliebte Friederike und die Kinder endlich wiedersehen.

Ein Kater für alle Felle

Obwohl ich als sibirischer Waldkater sehr gut Kälte ertragen kann, möchte ich doch ab und an auch mal etwas Warmes!
So lege ich mich gerne auf den Designerteppich im Wohnzimmer, den ich mit meinen weißen Latzhaaren verziere. Auch lauwarmes Leitungswasser ist mir bedeutend lieber als das Wasser, das zur Zeit im Freien in einem Vogelbecken gefroren ist und sich damit nicht trinken lässt. Sue lässt mir einen weiteren Luxus zukommen, denn angebrochenes Katzennassfutter erwärmt sie kurz in der Mikrowelle, damit ich keine Magenschmerzen bekomme. Seit Neuestem habe ich entdeckt, dass Sue öfters ihre schöne schwarze Jacke, die innen mit Pelz gefüttert ist, auf dem Sofa liegen lässt und in der Küche das Abendessen zubereitet. Das ist für mich die Gelegenheit in einem wohligen, wunderschön weichen Pelz zu schlafen. So schöne Träume wie auf diesem Plätzchen habe ich sonst nirgends. Pech ist nur, wenn mich Sue entdeckt und verjagt.
Dann bin ich aufgeregt und kann nicht mehr weiterschlafen. Dabei bin ich zu ihrem Pelz sehr freundlich und schärfe nicht meine Krallen daran. In meinen Augen gibt es keinen Grund für eine Beanstandung. Menschen sind viel launischer als wir Katzen!

Die Platzanweiserin

Ich beobachte die Welt und die Menschen genau und spitze meine Öhrchen, was sie sagen. Wenn ich etwas genau wissen möchte, dann kann ich Sue und Sam fragen. Inzwischen hat sich eine lustige Zeremonie zwischen Sue und mir entwickelt. Das ganze entstand damit, dass ich im Wintergarten die Stühle "verwechselt" habe.

Ich habe einen Stuhl, der "mein" Stuhl ist. Das Sitzkissen meines Stuhls ist ein wenig verschmutzt, da mein Fell nicht immer ganz sauber ist. Deshalb soll ich nicht auf die anderen Kissen sitzen.

Doch da Katzen die Abwechslung lieben, habe ich eben auch die anderen Stühle ausprobiert. Sue hat mir mein Vergnügen zunichte gemacht, indem sie mich umsetzte oder schimpfte.

Deshalb habe ich mir angewöhnt, mich vor meinen Stuhl auf den Boden zu setzen und zu warten, bis sie mir den Platz anweist, indem sie mit der Hand dreimal auf das Kissen klopft. Wenn ich dann hoch springe, werde ich gelobt und gestreichelt. So bin ich zu einer eigenen Platzanweiserin gekommen!

Natürlich wollte ich wissen, wie dieser Berufsstand zustande gekommen war, denn heute ist er ausgestorben. Sue und Sam haben mir das Folgende berichtet:

Auf Jahrmärkten begann die Geschichte des Kinos um 1850 in Schaubuden. Das erste Kino gab es in Deutschland in Berlin. Es war „Unter den Linden 21" und wurde am 25.04.1896 eröffnet.

Die Erfindung und Verbreitung des Fernsehers brachte eine starke Konkurrenz.

Nicht so in den Vereinigten Staaten, wo durch zunehmender Motorisierung das Freiluft- oder Autokino entstand.

Durch 3D-Filme, die in den 20er Jahren entstanden, gab es einen erneuten, aber kurzzeitigen Boom der Kinos.

Als erster 3D Film gilt „The Power of Love" von 1922.

Früher gingen die Menschen häufiger ins Kino als heute, wo ihre Fernseher die reinste Mediathek geworden sind und Filme über das Internet für den eigenen Fernseher bestellt werden können.

Jahrelang übten meist jüngere Frauen im Kino, wenn der Film schon begonnen hatte, und das Kino dunkel war, die Aufgabe aus, mit Hilfe einer Taschenlampe einem Kinogänger die Plätze zu zeigen, die noch frei waren.

In kleinen Kinos verkauften die Platzanweiserinnen zusätzlich in der Pause nach der Wochenschau und Kultur- oder Kurzfilmen Süßigkeiten aus einem Bauchladen.

Oft mussten sie während des Films die Lautstärke des Films regeln.

Diesen Beruf gab es seit den 1930er Jahren und im Ufa-Film „Meine Freundin Barbara" von 1937 spielt die Schauspielerin Grete Weiser eine Kinoplatzanweiserin, die einem weltfremden Chemieprofessor hilft, seine Ehe zu kitten.

Glückskatzen

Wie der Name schon sagt, sollen Glückskatzen Glück bringen. Im Mittelalter sollte eine Glückskatze im Haus etwa das Feuer fernhalten, japanische Seefahrer nahmen die Tiere als Glücksbringer mit an Bord.

Die dreifarbige Winkekatze „Maneki Neko", deutsch „winkende Katze", ist als Glücksbringer-Figur China, Taiwan, Thailand und in Japan bekannt.

Sie werden oft in Eingangspassagen, Läden, Restaurants, Bars, Bordellen und Lotterien aufgestellt. Mit dem Winken des rechten oder linken Arms sollen sie Einkaufslustige anlocken!

Sie sitzt aufrecht. Ihre heutige Gestalt geht auf die Katzenrasse Japanese Bobtail zurück. Sie geht laut der japanischen Tradition auf die Wiedergeburt der Göttin der Gnade Kammon zurück.

Die Zeit zwischen 1603 – 1867 war die Edozeit. Die längste Friedenszeit in Japan mit einer Dauer von mehr als 250 Jahren. Die Edozeit wird so genannt nach dem Damaligen Namen Edo, heute Tokio.

Im US-Staat Maryland hat sich die dreifarbige Samtpfote als Staatssymbol durchgesetzt. Diese Fellzeichnung ist sehr selten!

Falls die Katze mit der linken Pfote winkt, gelingen alle Geschäfte, winkt sie mit dem rechten Katzenarm, lockt sie Wohlstand und Glück an.

Dreifarbige Katzen, werden auch Schildpatt genannt, und haben rotes, schwarzes und einen geringen Anteil Weiß im Fell.

Tricolor sind angeblich immer weiblich und sollen aggressiv gegenüber Menschen sein. Fakt ist, dass tatsächlich nur 0,4 Prozent männlich sind. Die dreifarbigen Katzen bringen Glück, wenn man daran glaubt. Es ist genauso wie bei vierblättrigen Kleeblättern.

Es gibt auch das Gerücht, dass diese Katzen den Menschen zum Reichtum verholfen haben, wenn diese immer gut zu den Samtpfoten waren. Wer eine Glückskatze schlecht behandelt, wird vom Pech verfolgt.

Zum Schluss meiner Betrachtung zum Thema „Glückskatzen", noch ein paar persönliche Sätze eines Katers, der früher das Gegenteil von Glück kennengelernt hat, nämlich Unglück, Angst, Hunger, Kälte, Heimatlosigkeit und Hass.

In der Forschung werden zwei Glücksarten unterschieden: das Lebensglück kann von Katzen als auch Menschen angestrebt, gestaltet und gefördert werde. Während das Zufallsglück plötzlich und unerwartet geschieht.

Das ich Sue und Sam gefunden habe, war 90 Prozent Lebensglück und 10 Prozent Zufallsglück. Nun bin ich schon fast sieben Jahre bei ihnen und kann mich über die beiden und das schöne Zuhause glücklich schätzen.

Doch auch meine Freunde sagen zu mir, dass sie mit mir glücklich sind, selbst wenn ich nur schlafe und ein solch glückliches Gesicht mache.

So ist unsere Partnerschaft ein Geben und Nehmen!

Ein Gewinn für alle!

Ausblick auf die Zukunft

Mein Leben in der Jugend war nicht einfach. Ich hatte so manche Achterbahnfahrt mit vielen Höhen und noch mehr Tiefen. Doch seit ich "meine" Menschen gefunden habe, habe ich keine Sorgen mehr. Ich habe nur ein kleines Problem, nämlich jetzt im Winter, wo es im Freien oft Minusgrade hat, komme ich immer wieder in Versuchung, etwas zu viel zu essen.

Doch solange mich meine Freunde tragen oder auf ihre Schulter setzen können, ist wohl alles noch im Gleichgewicht.

Deshalb wünsche ich mir für die Zukunft, dass wir alle gesund bleiben, dass wieder mehr Frieden, Freiheit und Freundlichkeit ins Leben der Menschen einkehrt.

Ich würde mir auch wünschen, dass der Frühling und der Sommer allgegenwärtig bleiben, den Novemberherbst und den Winter könnte man ruhig abschaffen.

Von Sam und Sue weiß ich, dass es durchaus andere Länder gibt, in denen das ganze Jahr der Sommer herrscht, doch umziehen möchten wir alle Drei nicht.

Deshalb müssen und werden wir uns mit dem Wetter arrangieren. Die Menschen ziehen warme Kleidung an, und ich bekomme meinen Winterpelz.

Gesundheit ist das Wichtigste im Leben, denn ohne sie ist alles nichts und nichtig. Doch auch soziale Beziehungen sind von Bedeutung, damit man kein verbitterter Einzelgänger wird.

Die Menschen haben ihre Freunde und Bekannten, und bei uns Katzen ist es ebenso, dass wir uns mögen oder manchmal auch nicht.

In der Bibel wird in der Offenbarung 21,4 beschrieben, was der Himmel ist: der Himmel ist ein Ort, an dem es keine Tränen, keinen Schmerz und keinen Tod gibt! In Matthäus 6,10 lehrt Jesus die Menschen zu Gott zu beten: dein Reich komme, dein Wille geschehe, wie im Himmel so auf Erden!

Die Welt wird dem Himmel ähnlicher, wenn die Menschen in Frieden miteinander leben, und wenn Dankbarkeit und Vergebung eine Bedeutung haben. So könnten die Menschen den "Himmel auf Erden" haben, und die schönsten Momente im Leben miteinander genießen wie Sonnenauf- und Sonnenuntergänge, den Reiz der unterschiedlichsten Landschaften und der Naturwunder sowie die Liebe zu Tier und Mensch!

Zugabe der Autorin

Königsohr, die „Ohr"ginalgeschichte!

Katzenohren hören wesentlich besser als das Ohr der Menschen. Katzen können so die Ohren spitzen, dass sie es hören können, wenn eine Nähnadel ins Heu fällt. Ebenso hören sie die leisen hohen Quietschgeräusche der Mäuse, selbst wenn diese tief unten in einem Mauseloch sind. Mäuse fangen sie lieber als Ohrwürmer. Sie sind wagemutig und durchhaltefähig und halten stets die Ohren steif, dass ihnen das Fell nicht über die Ohren gezogen wird. Bei unehrlichem Lob und Schmeicheleien stößt man bei ihnen auf taube Ohren. Junge Katzen sind noch nicht trocken hinter den Ohren, während die erwachsenen Kater es meist faustdick hinter den Ohren haben. Doch wenn eine Katze etwas nicht tun will, dann hat sie einfach Bohnen in den Ohren. Selten lassen sie die Ohren hängen, aber wenn sie sich selbst einen Floh ins Ohr gesetzt haben, verfolgen sie diese Idee gnadenlos. Wenn ein Mensch einmal eine Katze über das Ohr gehauen hat, schreiben sie sich das hinter die Ohren und haben für ihn kein Ohr mehr. Fortan halten sie Augen und Ohren offen, selbst wenn sie viel um die Ohren haben.

Nachwort und Danksagung

Marsello, Sue und Sam sind in der heutigen Realität angekommen und haben über die meisten interessanten Erlebnisse des Katers berichtet. Während Marsello: Mein Leben, von der Jugend Marsellos und seinem späteren Einzug bei Sue und Sam berichtet, erzählt dieser Band Ereignisse aus den Jahren Winter 2021 bis Frühjahr 2025.

Was die Zukunft bringt, weiß niemand, weder Mensch noch Tier! Doch bleiben wir optimistisch, es gibt keine Alternative!

Herzlichen Dank Dustin für die computertechnische Bearbeitung, Ermunterungen und Ideen.

Danke Marsello fürs Schnurren und Schmusen, deine willensstarke Ausdrucksweise bei Wünschen und für deine Liebe!

Steckbrief Marsello

weitere Namen:		
	Micky Maus	Schlawiner
	Katzenbär	Houdini
	Mister unersättlich	Katzikato
	George Clowny	Katzenkönig
	Kamikater	Krallovaz
	Hurrikan-Harry	Mausini
	Katzenkomödiant	Agent 0013
	Agent Maus	Mausi

Er liebt:		
	Schinken	Katzenfutter
	Brekkies	Lachs
	Kätzinnen	Thunfisch
	Sonnenschein	Schinken
	Ruhe	dunkle Räume
	ausgeschaltete Sauna	Wintergarten

Er hasst:		
	Regen	Kälte
	Nebel	Telefon
	Besuch	Katzenhasser
	bellende Hunde	Radau
	Ratten	Marder

Weitere Bücher von **Kim Walter**, erhältlich bei TWENTYSIX, Amazon und allen Buchhandlungen

OMON Das Auge Thriller, Teamwork mit Dustin Honester

„OMON" ist zurzeit im Buchhandel nicht erhältlich. Es wird überarbeitet und mit einem zweiten Teil erweitert. Ab Winter/Frühjahr 2022 wird dieser spannende Thriller wieder auf den Buchmarkt erscheinen.

„Wer sind Sie und für wen arbeiten Sie?" sind die ersten Worte, die Boris nach seiner Gefangennahme auf einem russischen Schiff hört, nachdem er aus seiner Ohnmacht erwacht. Igor Petronov alias Boris Barokov antwortet nicht. Er ist ein Top Agent des russischen Geheimdienstes. Sein Weg vom Moskauer Streifenpolizisten zur OMON ist mit vielen Schikanen und lebensgefährlichen Abenteuern verbunden. Doch auch die Liebe kommt nicht zu kurz. Ein von zahlreichen Persönlichkeiten aus Politik, Sport und Presse geschätztes Buch!

Sonnenwolken Lyrik

erschienen 2016 bei Twentysix ISBN: 978-3740709259, 5,49 € als Kindle Edition, 7,99 € als Taschenbuch.

Ganz im Sinne Erich Kästners findet sich in diesem Buch eine Sammlung heiterer und bissiger Gedichte mit Witz und Ironie, mit Magie und Poesie, mit und ohne Zähne fletschen, welche mit Humor durch das Jahr führen. Die vier Jahreszeiten werden beschrieben als auch die inzwischen schon absurd anmutenden Anstrengungen für die größten Feste des Jahres. Ein kunterbunter Reigen führt durch das Jahr, dessen Tage fliegen wie die Sitze eines Karussells, das sich viel zu schnell dreht.

Adieu, liebe Mutti Erinnerungen an ein langes Leben

erschienen 2016 bei Twentysix ISBN: 978-3740710811, 7,99 € als Kindle Edition,   19,99 € als gebundene Ausgabe

„Mors certa, hora incerta" - „Der Tod ist gewiss, die Stunde unge-wiss."
Matthias Claudius (1740 -1815)
Jeder Mensch geht diesen Weg. Er führt von der Geburt zum Tod.
Die Begrenztheit der Lebenszeit macht sie so kostbar.
„Die zwei Gebote Liebe das Leben und denke an den Tod!
Tritt, wenn die Stunde da ist, stolz beiseite. Einmal leben zu müssen heißt unser erstes Gebot.
Nur einmal leben zu dürfen, lautet das zweite."
Erich Kästner (1899 – 1974)

Das nächste Leben   Fantasy – Reality – Science Fiction

erschienen 2017 bei Twentysix ISBN: 978-3740734602, 4,49 € als Kindle Edition, 6,99 € als Taschenbuch

Gibt es ein Leben nach dem Tod?
Diese Frage stellt sich jeder mindestens einmal. Die Wissenschaft kann keine Erklärungen bieten. Selbst der Pontifex, der Vertreter Gottes auf Erden, fragt bei Raumfahrern nach, ob sie etwas gesehen hätten, das in höheren Sphären auf Leben hindeutet. Dieses Buch gibt Antworten auf diese Frage. Es ist eine bunte Mischung aus Phantasie, Träumen, Erinnerungen und Ahnungen. Gibt es wirklich den "7. Sinn" und das "2. Gesicht"? In allen alten Mythen der Menschheit gibt es die Wiederauferstehung. Das war in fernen Zeiten ein Credo. Dieser Bericht über das Jenseits ist mit dem Leben der Protagonisten verwoben und lässt Hoffnung aufkommen ...

Donnerwetter   Lyrik mit Geist, Humor und Biss

erschienen 2017 bei Twentysix ISBN: 978-3740735333, 10,99 € als Kindle Edition, 25.- € als gebundene Ausgabe

Amüsant - bitterböse - charmant - dämonisch - elegant - fein - glücklich - heiter - intelligent - jung - klug - lästerlich - meisterhaft - neugierig - opulent - paradox - qualitätsvoll - rigoros - schelmisch -toll - unglaublich - verrückt - wahr - xerographisch - yohimbin – zärtlich

Im neuesten Gedichtband "Donnerwetter" von Kim Walter kriegt jeder sein Fett ab. 365 Gedichte - eines für jeden Tag!
Romantik, Humor und Zynismus wechseln sich ab, wie das Wetter eines Jahres. "Bitte nur in Tagesdosen verwenden, sonst werden die Lachmuskeln überstrapaziert", so der gut gemeinte Rat eines Buchkritikers. Ein Aufschwung für die deutsche Lyrik - einfach unglaublich!

Kim Walter

KCK Die Spürnasen Connection

Katzenkrimi

KCK Die Spürnasen Connection

erschienen 2018 bei Twentysix ISBN: 978-3740743980, 6,99 € als Kindle Edition, 9,99 € als Taschenbuch

KCK ist ein Detektivbüro, das vorwiegend Fälle aufklärt, bei denen Katzen die Hauptrolle spielen. Aber auch bei Morden und Mordversuchen, illegalen Tierversuchen, Entführungen und dem Auffinden verschwundener Lebewesen oder Gegenstände sind die Hauptakteure Karlos, sein Sohn Carlito und Kim, die Autorin, ein gut eingespieltes Team. Die Katzen begleiten ihre Familien selbst in ihre Urlaube, wo sich rein zufällig wieder Kriminalfälle ergeben. Schauplätze sind das malerische Tessin mit dem schönen Lago Maggiore, die italienische Adria und ihr interessantes Hinterland, die Pfalz und Karlsruhe, die ehemals badische Hauptstadt.
Begleiten Sie die Katzendetektive bei ihren Nachforschungen, die mit Spürsinn und dem spirituellen siebten Sinn verwoben sind.

Neues aus Katzenhausen - Alles für die Katz' und ihre Freunde

erschienen 2018 bei Twentysix ISBN: 978-37407746049, 5,99 € als Kindle Edition, 9,99 € als Taschenbuch

Dieses Buch bietet Einblicke, was auf Rassekatzenausstellungen, beim Joggen, beim Friseur, bei Faschingsveranstaltungen, Reisen und selbst in den "dunkelsten" Stunden passieren kann, wenn widrige Umstände eine junge Frau zur Pfandleihe gehen lassen. Katzen und Freunde bestimmen in vielen Fällen das Leben der Menschen, die in schwierigen Situationen mit den Samtpfoten in Kontakt kommen. Zufall oder Schicksal? Zur Freude, Erkenntnis und zum Amüsement noch etliche Katzengedichte, -witze, -zitate und -sprichwörter garniert mit eigenen Karikaturen und Zeichnungen. Auch Rekorde, welche einzelne Tiere aufgestellt haben, bleiben nicht unerwähnt. Ein Buch für Katzenfreunde und deren Freunde.

Bei der Lektüre ist sicherlich nicht "Alles für die Katz'!"

Die Reise unseres Lebens

erschienen 2019 bei Twentysix ISBN: 978-3-740752811, 6,99 € als Kindle Edition, 13.-€ als Taschenbuch

Dieses Buch ist eine Offenbarung für Katzenfreunde, Krimifans, Reiseabenteurer und Gourmets. Wunderbare Erlebnisse und Reisen zu den schönsten Landschaften und Städten, zu altehrwürdigen Grandhotels mit mannigfaltigen Genüssen, ob Essen, Getränke oder der angenehmen Atmosphäre in den Zimmern, Suiten oder den Häusern selbst, wechseln sich ab mit gefährlichen Abenteuern. Dr. Jekyll, ein Kater mit Spürsinn und Sprachkenntnissen, begleitet mit Miss Hyde, seiner angebeteten Kätzin, zwei junge Frauen bei der "Reise ihres Lebens." Aus seiner Perspektive berichtet der Kater über die Freuden und Leiden während dieser Zeit, die durch seinen und Miss Hydes Einsatz wesentlich entschärft werden. Mehr als einmal retten sie den Mädchen das Leben. Auch die Liebe kommt nicht zu kurz, sondern im Doppelpack.

Kamikater

erschienen 2019 bei Twentysix ISBN: 987-3-740708917, 6,99€ als Kindle Edition, 11.-€ als Taschenbuch

Auge in Auge mit dem Tod beginnt sein Leben. Während der Verfolgungsjagd seiner Eltern durch die Rotterbande gebärt die Mutter in einer kurzen Verschnaufpause ihren Sohn. Die Feinde rücken näher, die Flucht geht weiter. Blind und voller Angst versteckt sich der Neugeborene im Rinnstein. Der Straßenrand ist sein Blindenstock. Er führt ihn in ein liebevolles Zuhause auf einem Bauernhof. Nach einer kämpferischen Ausbildung stehen Abenteuer, die Bekämpfung von Verbrechen und schließlich die Liebe auf seinem Stundenplan. "Kamikater" - Ein spannender Katzenthriller, der alle Freunde der Samtpfoten mit seinem Nervenkitzel den Atem nimmt.
Der spannendste Katzenthriller aller Zeiten. Sehr empfehlenswert, aber Vorsicht: hochexplosiv!!!

Kim Walter

Transformer

Sience Fiction Katzenkrimi

Transformer . Science Fiction Katzenkrimi

erschienen 2020 bei Twentysix ISBN: 987-3-740762254, 3,44€ als Kindle Edition, 8,99€ als Taschenbuch

Im Science Fiction Katzenkrimi "Transformer" erfahren Sie etwas Wunderbares! Tom und Tamara haben zwei Leben: tags als Menschen, nachts werden sie zu Katzen. Begleiten Sie die Abenteurer auf ihre Reise nach Spanien, Südfrankreich und ans Schwarze Meer.

Doch lesen Sie selbst, Sie werden es nicht bereuen.

Das 13. Gebot: Vergeltung statt Vergebung

erschienen 2020 bei Twentysix   ISBN: 987-3-740764739, 8,99€ als Kindle Edition, 12,99€ als Taschenbuch

Die 52 Krimis der Sammlung "Das 13. Gebot: Vergeltung statt Vergebung!" gehört in die Extraklasse der spannenden sowie schwarzhumorigen Klassiker von Ambros Bierce, Edgar Allen Poe, Stephen King und Roald Dahl! In diesem Krimiband wird mit Pflanzengenen, Standuhren, vergiftetem Alkohol, Skorpionen, Pudeln und Gift gemordet. Erstaunlich, wovon man einen "Hexenschuss" bekommen kann. In der "Schule der Angst" wütet der Tod und "Othello", eine hölzerne Figur, bekommt menschliche Gefühle. Vorsicht ist bei "Gift-Anny" zu empfehlen als auch bei "Bayerischen Schmankerln."

Das 14. Gebot: Auge um Auge, Zahn um Zahn

erschienen 2020 bei Twentysix   ISBN: 987-3-740769062, 7,49€ als Kindle Edition, 13.-€ als Taschenbuch

Wie in dem im Frühjahr erschienenen Krimiband "Das 13. Gebot: Vergeltung statt Vergebung" werden in diesem Buch "Das 14. Gebot: Auge um Auge, Zahn um Zahn!" schwarzhumorige und spannende Krimis erzählt. Ein "Tauchunfall" endet in einem Doppelmord und zur Weihnachtszeit geschehen mehr Verbrechen als übers Jahr. Eine Beerdigung ist mehr als das, und es hat einen Grund, dass manche Witwe so lustig ist....

Die Motive der Täter sind verschieden wie die schwarzen Seiten mancher Menschen: verschmähte Liebe, Rache, Eifersucht, Neid und Missgunst!

Marsello: Mein Leben
460 Seiten

erschienen 2021 bei Twentysix ISBN: 978-3-740783013,
9,99€ als Kindle Edition, 17.-€ als Taschenbuch

Marsello: Mein Leben Die Stationen eines Katers, der aus
einem Tierheim kommt, sein erstes Zuhause verliert und
sich auf die Suche nach einem neuen Heim begibt. Sein
langer Weg führt ihn über Hunger und Kälte schließlich zu
Sue und Sam, die ihn aufnehmen und verwöhnen. Alleine
und mit ihnen erlebte ungewöhnliche Abenteuer und le-
bensbedrohliche Situationen. Marsello lernt bei seinen
menschlichen Freunden viele der berühmtesten Katzen
der Welt kennen zum Beispiel Socks, den Kater von Bill
Clinton und die Katzen der Downing Street 10. Außerdem
verschafft er sich Zutritt zu der Sprache der Menschen.
Auch sterben Liebe kommt nicht zu kurz, denn er lernt
Chloè kennen und lieben. Für ihn ist sie die schönste und
klügste Katze der Welt, eine Nachfahrin der Katzengöttin
Bastet!

Ghost Cat: Ein Kater rächt sich an seinem Mörder

Roman nach einer wahren Begebenheit!

206 Seiten

erschienen 2022 bei Twentysix ISBN: 978-3-740786816,
5,99€ als Kindle Edition, 9,99€ als Taschenbuch

Wer ist gänzlich frei von Rachegefühlen, wenn er von jemandem drangsaliert, betrogen, bedroht, bestohlen oder verletzt wird?
Auch Katzen wissen sehr genau, wer es mit ihnen gut oder schlecht meint.
Deshalb kehrt Kater Pedro de la Selva nach mehr als 30 Jahren auf die Erde zurück, um Rache an seinem Mörder zu nehmen.
Die Katzengöttin Bastet, welche über die sieben Leben der Katzen bestimmt, gewährt ihm sogar den Wunsch unsichtbar zu sein. So kann er Rache üben, ohne gesehen und ohne noch einmal sein Leben zu verlieren. Pedro beginnt sich mit kleinen Streichen zu rächen, doch der Mörder wird immer aggressiver und sein Leben nimmt eine dramatische Wendung. Kleopatra, eine aparte Kätzin, und seine Freunde vom Angelclub geben seinem Leben Freude, Hilfe und Sinn.

OMON: **Teil 1: Das Auge**
Teil 2: Der Virus
Thriller

536 Seiten

erschienen 2022 bei Twentysix ISBN: 978-3740787589,
9,99 € als Kindle Edition, 17.- € als Taschenbuch

Die OMON ist eine russische mobile Polizeieinheit mit besonderer Bestimmung, welche direkt dem Innenministerium untersteht. Für die Familie Barokov ist sie Schicksal und Broterwerb zugleich, denn drei Generationen haben für sie gearbeitet.
Im ersten Band geht Igor Barokov alias Boris Petronov den Weg vom einfachen Streifenpolizisten zum Topagenten des Geheimdienstes. Im Band zwei folgt sein Sohn Pjotr Wladimir, genannt Pit, seinem Lebensweg und erlebt viele gefährliche Abenteuer um einen "Virus" zu bekämpfen, der die Menschheit ausrotten könnte.

Die Zeitreise des Katers Miraculus

Science Fiction

184 Seiten

erschienen 2024 bei Twentysix

ISBN: 978-3-740730109,

5,99 € als Kindle Edition,

9,99.- € als Taschenbuch

Miraculus ist der Kater des Alchimisten, der für seinen König in seinem Labor versucht Gold herzustellen. Bei einem seiner vielen Experimente explodiert der Kessel und tötet ihn. Seinen geliebten Kater rettet er, indem er ihn in der letzten Sekunde seines Lebens auf eine Zeitreise in die Zukunft schickt. Miraculus wird im Garten von Ria und Ralf, durch Max, ihren Kater, entdeckt. Er wird bei ihnen aufgenommen und Max und Miraculus werden die besten Freunde. Sie erleben tolle Abenteuer zusammen, lernen die unterschiedlichsten Menschen und Katzen kennen, und auch die Liebe kommt nicht zu kurz.